युगांतर

युगांतर

The Beginning

अवधेश राणा

GenNext Publication

युगांतर

ISBN: 978-93-8022-281-3

मूल्य–150

भारत में सन् 2015 में प्रकाशित
जेन नेक्सट पब्लिकेशन
23, मेन अंसारी रोड, दरियागंज
नई दिल्ली– 110002
फोन :– 23282060, 23261060
फैक्स :– 011–2328914
ई–मेल:– gennextpublication@hotmail.com

लेजर टाईप सेटिंग :– लक्की ग्राफिक्स, दिल्ली
मुद्रित :– चावला ऑफसेट प्रिंटर्स, दिल्ली

विषयसूची

	प्रस्तावना	11
1.	जब मैंने पहली किताब लिखी	15
2.	साल गिरह पर विशेष	17
3.	केजरीवाल के बारे में पूर्वाग्रह	18
4.	गणतंत्र दिवस पर विशेष	21
5.	लकडहारे और शेर की कहानी	23
6.	राहुल जी का साक्षात्कार	25
7.	छुट्टी का दिन	27
8.	चौधरी साब की साली	29
9.	आजम खान की भैंसे	31
10.	नौकरी पेशा पत्नी	33
11.	संघ को किया बदनाम	35
12.	युवराज का इतिहास	37
13.	थोथा चणा बाजे घणा	39
14.	मोदी की कर्नाटक रैली	41
15.	चाय पे चर्चा	43
16.	मोदी जी की पंजाब रैली	45
17.	मीडिया के पाबन्दी की धमकी	46
18.	गरीब माँ बाप द्वारा बच्चो की हत्या	48

19.	कैमरे की बिमारी	50
20.	मीडिया फिक्सिंग	51
21.	ससुराल की होली	53
22.	चलो अपने देश	55
23.	होली की शुभकामनायें	56
24.	शहीद दिवस पर विशेष	58
25.	मोदी की कुरुक्षेत्र रैली	59
26.	मन में मोदी जन में मोदी	60
27.	काशी में केजरी पे अंडे फैके	61
28.	संजय बारू की किताब	62
29.	राणा जी के दोहे	64
30.	और भी गम है मोहब्बत के सिवा	65
31.	अमरीकी अख़बार में जीज़ा जी	66
32.	जीजाजी की वजह से बदनाम हो गए	67
33.	कुदरत का क़ानून	68
34.	बोलने की स्वतंत्रता	69
35.	मोदी जी का बनारस से नामांकन	70
36.	कश्मीर नहीं अब्दुला के बाप की जायदाद	71
37.	टीवी में आने का अहिंसक जुगाड़	73
38.	दिग्गी मामा की छादी में जलूल आना	74
39.	मोदी का बांग्लादेसी शरणार्थियों पे बयान	75
40.	जन्मदिन याद रखने का तरीका	78

41. हिंदुस्तान को ही अपना धर्म समझते है 80
42. कलम की ताकत पहचान 81
43. महाराणा के जन्म दिन पर 82
44. बचपन के दिनों को जब भी करता हूँ याद 83
45. एग्जिट पोल के नतीजे 85
46. सेकुलर दंगे 87
47. चुनाव परिणाम के दिन की तैयारी 89
48. राहुल बाबा की गुमशुदगी 91
49. चुनाव परिणाम का दिन 92
50. मोदी जी की अप्रत्याशित जीत 93
51. बाप बेटे की भी धोनी है धोती 95
52. बदलेगा हिन्दुस्तान 96
53. मुद्दा विहीन हो गए 98
54. मोदी जी का संसद में प्रथम प्रवेश 99
55. केजरी का जेल ड्रामा 100
56. मोदी की ताजपोशी 101
57. हरियाणा की सड़को की हालत 103
58. हर रोज बलात्कार की घटनाएं 105
59. सामने वाले घर की छत 107
60. हिंदी भाषा का सम्मान 109
61. मोदी जी के जापान दौरे पे राहुल 111
62. जब से देखा है वो हसीं चेहरा 112

63	अस्मत फिर हुई तार तार	114
64	कैसे सिखाएं बच्चो को बाते सदाचारो की	117
65	हुड्डा जी को चघ चुनावी बुखार	119
66	शराब का ग्लास	121
67	चित्तोड़	123
68	नरेंद्र दामोदरदास मोदी	124
69	मंगलयान	127
70	एक और एक ग्यारह	129
71	घोड़ी ने घर किया टेलीफोन	130
72	जिन्दगी एक सजा है	131
73	युगांतर	133
74	तन्हाई	135
75	राहुल ने संभाली चुनाव की कमान	136
76	पत्नी की तारीफ में दो शब्द	137
77	जनता का फैसला	139
78	दिवाली की शुभकामनायें	141

शायद आने वाला समय मेरे लिए भी युगांतर है क्योंकि कठिन क्षणों में फैसले लेने के समय हमेशा मार्गदर्शक करने वाला और गलत हो जाने पर पुचकारने वाला हाथ अब हमारे सिर से उठ गया। जिसको मेरी पुस्तक लिखने पर सबसे ज्यादा खुशी होती, जिन्हें मेरी कामयाबी पर सबसे ज्यादा गर्व होता वो अब हमारे बीच नहीं रहे। पुस्तक के लिखने के दौरान हमारे पूज्य पिताजी की आत्मा हमें छोड़कर परमात्मा मे लीन हो गयी। वो एक किसान और समाजसेवी थे। उनके व्यक्तितव के बारे में कुछ पंक्तियाँ मेरे मन में आ रही है :

हम दुखी ना हो तो अपना गम छुपाते रहे
कठिनाइयों में हंसकर दुश्मनों को जलाते रहे

पीते रहे गम खुद हमें दरियादिली सिखाते रहे
अपना सब कुछ हार के बस हमें जिताते रहे

शेर की तरह जीते रहे जीवन भर
सच कहने की वजह से दुश्मन बनाते रहे

कर न सके हमारी कामयाबी पे गर्व
बस अपनी मेहनत से हमारे सपने सजाते रहे

अपने बैंक के खाते रहे खाली उम्र भर

बस दुसरो के दिलो में जगह ही बनाते रहे

सुना है प्रभु को भी अच्छे लोगो की जरूरत है
तभी इतनी जल्दी हमारी जिन्दगी से जाते रहे

प्रस्तावना

या देवी सर्व भूतेषु शान्ति रूपेण संस्थिथा।

नमस्तस्यै नमस्तस्यै नमस्तस्यै नमो नमः।

मेरी नयी पुस्तक तैयार है लेकिन इसका शीर्षक ढूँढना मेरी पहली पुस्तक 'सोनिया जैसी सास' की भांति आसान नहीं रहा। वास्तव में पहली पुस्तक का शीर्षक उसके पुरे होने से बहुत पहले ही तय हो गया था। नयी पुस्तक के शीर्षक के बारे में दोस्तों से सुझाव मांगे और दोस्तों ने बहुत ही सुंदर नाम सुझाये जैसे कि परिवर्तन की बयार, नयी उड़ान, राजनीति का सर्कस, नया दौर, नया जमाना, अबकी बार इत्यादि। इन सुझावों के लिए सभी दोस्तों का तहेदिल से आभार व्यक्त करता हूँ। सभी सुझावों पर विचार करने के बाद हमारे परम मित्र डॉ जगदेवा का सुझाया हुआ शीर्षक 'युगांतर' बहुत ही प्रभावशाली लगा। इसके लिए डॉ साब का बहुत बहुत आभार।

युगांतर का अभिप्राय है नए युग की शुरुआत। इत्तफ़ाक देखिये जब मैंने प्रस्तावना लिखने के शुरुआत की वो नवरात्रों का पहला दिन है। इस पुस्तक में मैंने 2014 की लगभग सभी राजनितिक और सामाजिक घटनाओं को काव्य के माध्यम से प्रस्तुत करने की कोशिश की है। इस साल की सबसे बड़ी घटना है आजादी के बाद देश पर ज्यादातर समय राज करने वाली पार्टी की ऐतिहासिक हार, देश की

जनता का सामान्य व्यक्ति को पूर्ण समर्थन देना और एक चाय बेचने वाले का देश के प्रधानमंत्री पद तक पहुंचना। हमारा देश पिछले कुछ समय से धरातल की तरफ जा रहा था और पिछली सरकार में अनिर्णय की स्तिथि ने देश को आर्थिक और सामाजिक मोर्चो पर काफी नुकसान पहुँचाया है। ज्यादातर योजनायें देश की बजाय वोट बैंक एवं व्यक्ति विशेष के लिए ही बन रही थी। मोदी जी के आने से देश में नयी उर्जा का संचार हुआ है। अंतर्राष्ट्रीय स्तर पर भी देश का गौरव बड़ा है। विश्व के सभी बड़े देश भारत के साथ काम करने के लिए उत्सुक है। देश का माहौल सकारात्मक हुआ है। इस विषय में लिखी हुई कविता की कुछ पंक्तियाँ इस प्रकार है :

बर्षो बाद देख रहे है पेट्रोल के दामो को नीचे आते हुए
देख रहे है आंतकवादियों के कब्जे से नर्से छुड़वाते हुए
देख रहे है विदेशो में देशी संस्कृति को प्रचार पाते हुए
मेडिसन स्क्वायर पे लोगो को मोदी मोदी चिलाते हुए

स्वच्छ भारत के लिए प्रधानमंत्री भी झाडू लगाते है
अब बुलेट ट्रेन से यात्रा की भी कल्पना कर पाते है
मेक इन इंडिया जैसे प्रोग्राम रोजगार की उम्मीद जगाते है
प्रधानमंत्री रेडियो पर पुरे देश को मन की बात बताते है

लेकिन अभी भी कुछ लोगो की सोच मोदी जी के प्रति नकारात्मक है जिनमे से ज्यादातर लोग मोदी विरोधी संगठन से जुड़े हुए है। उनके लिए मेरा सुझाव यही है कि कोई भी मरीज अपना डॉक्टर तभी बदलता है जब पुराने डॉक्टर से उसका विश्वास उठ जाता है। हो सकता है नया डॉक्टर कुछ कडवी दवाई दे लेकिन सुधार के प्रति आशावादी होकर कडवी दवाई पीनी पड़ती है। दोस्तों, परिवर्तन

प्रकृति का नियम है। परिवर्तन का रास्ता बहुत ही कष्टकारी हो सकता है लेकिन इसके परिणाम हमेशा सुखद होते है।

इस विषय में चार पंक्तियाँ मेरे मन में आ रही है :

सब्र का फल मीठा होता है आशावादी हो कीजिये इन्तजार
प्रधानमंत्री चुना है ना के जादूगर मत सोचो होगा चमत्कार
सब जानते है कि खजाना खाली छोड़ गयी है पिछली सरकार
स्वाद कितना भी बुरा हो लेकिन कडवी दवाई होती है असरदार

मेरी पिछली किताब सोनिया जैसी सास की कविताओ के बारे में काफी उत्साहवर्धक प्रतिकिर्या देखने और सुनने को मिली। उसके लिए मै सभी पाठको का आभारी हूँ। पुस्तक की गुणवत्ता को बढ़ाने के लिए कुछ सुझाव भी मिले, जिनका ध्यान मैंने इस पुस्तक को लिखते समय रखने का प्रयास किया है।

मैं अपने सभी दोस्तों का जिन्होंने कवितायें लिखने के दौरान अपने सुझाव दिये और लिखने के लिए प्रेरित किया। खासकर कवि श्री दिनेश रघुवंशी जी, कवि गजराज सिंह जी, श्री विनोद रावत जी आदि के निरंतर सहयोग, प्रोत्साहन और मार्गदर्शन के लिए आभार व्यक्त करता हूँ। इसके अलावा विरोधी विचारधारा वाले मित्रो का भी आभार व्यक्त करता हूँ जिनके विरोध स्वरुप काफी नए तर्क मेरे मन में आये और मैं निरंतर कुछ नया लिख पाया।

इस किताब को तैयार करने के दौरान दोस्तो तथा परिजनो का सहयोग मिला उसके लिए मैं उन सभी का आभारी हूँ। खासतौर पर श्री प्रसाद वेनापल्ली और श्री नरेन्द्र शेखावत जिन्होने मेरी आधी लिखी हुई कविताए सुनी और उन्हें बेहतर बनाने के लिए अपने विचार प्रकट किए। इसके अलावा मेरे सभी मित्रों के समय समय पर दिए सहयोग के लिए धन्यवाद प्रकट करता हूँ।

आज आप लोगो के सामने इसे पेश करते हुए मुझे पूरी आशा है कि इस पुस्तक को भी मेरी पहली परस्तक की तरह सम्मान मिलेगा। साथ ही मैं आशा करता हूँ की ये किताब आप लोगो का मनोरंजन करने के साथ साथ देश की समस्याओ के प्रति आपकी जानकारी और रूचि बढ़ाएगी। इस उम्मीद के साथ कि इस कविता संग्रह की त्रुटियों पर मेरा मार्गदर्शन करेंगे और मेरी लेखन की क्रिया को और परिपक्कव बनाने के लिए सुझाव देंगे।

भवदीय

अवधेश राणा

avdheshrana@yahoo.com

1

जब मैंने पहली किताब लिखी

जब मैंने अपनी पहली किताब लिखी
चाहने वालो के चेहरे पर चिंता दिखी

किताब का नाम था सोनिया जैसी सास
जिसमे उड़ाया था कांग्रेसी सरकार का उपहास

कहने लगे अभी कांग्रेस का है शासन
और सोनिया के हाथ में है पूरा प्रशासन

नौकरी करते हुए सरकार से क्यों टकराते हो
लिखना ही है तो हास्य क्यों नहीं अजमाते हो

अगर इनके खिलाफ लिखने पे नहीं डाली नकेल
हो सकता है आपको भिजवा दिया जाए जेल

अगर हमारी बात आपने नहीं मानी
तो बच्चो को भी हो सकती है परेशानी

सोचने लगे कि क्यों करें सरकार से लड़ाई
तभी हमारे मन के अन्दर से आवाज ये आई

महाराणा क्यों छोड राजपाठ घास की रोटी खाए
गुरु गोबिंद ने भी ,क्यों बच्चो के शीश कटवाये

शिवाजी भी कर सकते थे शाही महल में मजे
स्वाभिमान की खातिर सबने अपने ऐशोआराम तजे

क्यों राजगुरु सुखदेव भगत सिंह फांसी पर झूल गए
क्यों हम चंद्रशेखर वीर सावरकर उधम सिंह को भूल गए

क्या सिर्फ दिखावे के लिए जन गण मन गाते है
क्या सिर्फ खानापूर्ति करने को स्वतंत्रता दिवस मनाते है

भ्रष्टाचार की वजह से देश पे फिर संकट छाने लगा है
राजनीति में परिवारवाद, तुष्टिकरण से मन घबराने लगा है

दोस्त की खाल ओढ़ खड़ा दुश्मन नजर नहीं आता है
बस मोदी जी के रूप में ही एक दीप नजर समाता है

इस नई आजादी में बस यही योगदान मैं देता हूँ
मोदी जी को सुनकर थोडा बहुत लिख लेता हूँ

देश से परिवारवाद भ्रष्टाचार को जड़ से दूर भगाना है
मोदी जी का साथ देकर ही देश को आगे बढ़ाना है

2

साल गिरह पर विशेष

हर साल के लिए एक गुलाब और
हर हंसी के लिए मेरा दिल जनाब ,
शब्दों में शायद समझा न पाऊं पर
मेरे दिल में भरा है प्यार का सैलाब।

तुम मेरे लिए कितनी भाग्यवान हो
इसका नहीं लगा सकता कोई हिसाब ,
तुम्हारी तारीफ में कुछ लिखने बैठू
तो भर जायेगी पूरी किताब।

इतने सालो में जो भी गलतियाँ हुई है
भूल जाना सोच के एक बुरा ख्वाब ,
आगे भी नादान समझ माफ़ करना
ना करना मन ख़राब।

दिल में तुम्हारी चाहत की मत पूछो
ये है दरिया के पानी जैसी बेहिसाब ,
मेरी आँखों में झांक के देख लेना
अगर किसी सवाल का चाहिए जवाब।

शादी की साल गिरह मुबारक हो
और ऐसे ही बना रहे ताउम्र तुम्हारा शबाब ,
मेरी भी कमाई इतनी ज्यादा हो
कि पुरे कर सकूं सारे तुम्हारे ख़्वाब।

3
केजरीवाल के बारे में पूर्वाग्रह

केजरीवाल के बारे में लिखा तो कुछ दोस्तों ने
कहा कि क्या हो तुम पूर्वाग्रह से ग्रस्त,
अपने मन में मंथन करना सुरु किया
करके कविता लिखने की रफ़्तार थोडा सुस्त।

पिछले कुछ दिनों की घटनाओ को देखा जाए
तो राणा जी को गलत नहीं ठहराएंगे आप ,
इनके एक मंत्री की कार से बच्चे की गेंद टकराई
तो जेल में पूरी रात रहे बच्चे के माँ बाप।

कुमार विश्वास का ब्राह्मणवाद की बात करना
कभी इनके कानून मंत्री का बनना थानेदार ,
ये घटनाएं दिखाती है की इनकी पार्टी है गुंडागर्दी में
सपा और मनसे से टक्कर लेने को तैयार।

काम करने की बजाय नयी नौटंकी शुरू हो गयी
अपनी तरफ खीचने के लिए लोगो का ध्यान ,
जिस हिसाब से विज्ञापन करते है लगता है
एक दिन ओबामा के खिलाफ चुनाव लड़ेंगे श्रीमान।

जनवरी में शर्दी ना लगने का कारण है
"शीला" "जीत" का असर और कैमरों का प्यार ,
इन कैमरों की खातिर बॉलीवुड में कितनी
बालाएं है कपडे उतार नंगा होने को बेकरार।

दरअसल लम्बे चौड़े वायदे पुरे नहीं कर पा रहे
और पद छोड़ने का ढूंड रहे है बहाना ,
अगर मिडिया वाले कवरेज बंद कर दे
तो 2 मिनट में खत्म हो जाएगा सारा ड्रामा।

दिखावे पे मत जाओ और अपनी अकल लगाओ
यही बात है सब लोगो को समझानी ,
इनका साथ मत दो अगर भविष्य में
नहीं चाहिए सड़क जाम, मेट्रो बंद आदि परेशानी।

4

गणतंत्र दिवस पर विशेष

आज भारत में कोई दलित है कोई ब्राह्मण
कोई हिन्दू है तो कोई मुसलमान ,
इससे अच्छी तो गुलामी थी तब हिन्दुस्तानी
कहलवाने में महसूस करते थे अभिमान।

शहीदों की आत्मा रो रही होगी
कि क्या बेकार हो गयी उनकी कुर्बानी ,
देश की दुर्दशा देख सोचते होंगे
क्या इसी आजादी के लिए जाया की जवानी।

हमारे यहाँ शराफत का मुखोटा लगाकर
भ्रष्टाचारी देश को लूट रहे है ,
इससे बड़ी बदनसीबी देश की क्या होगी
कि देशभक्त खाली पेट घूम रहे है।

देश के मीडिया पे लोगो का भरोसा नहीं रहा
ये केवल प्रायोजित कार्यक्रम दिखाता है ,
बड़े हादसे की खबर छोड़ आइटम सोंग पे
चर्चा होती देख कलेजा फट जाता है।

आज के समय में देश की किसी को
चिंता नहीं बस पैसा ही माँ बाप है ,
असली विद्वान की कद्र नहीं महात्मा वोही
जिसके पास बड़ी गाड़ी और कपडे टिपटाप है।

'हम देश के लिए है और देश हमारे लिए नहीं
लगता है सभी भूल गए है ये मन्त्र ,
देश को सिर्फ देने की कसम उठाओ
अगर महान बनाना चाहते हो भारत गणतंत्र।।

5

लकडहारे और शेर की कहानी

आओ बच्चों तुम्हे सुनाये कहानी
कुछ समय पहले था एक लकडहारा ,
सारा दिन मेहनत करता था
फिर भी भूखा ही रहता था बेचारा।।

एक दिन जंगल गया और शेर को देख
अपने आप को खाने की विनती ,
शेर ने उसकी व्यथा सुनी और
जगल से उसको दी कुछ लकड़ी कीमती।

लकडहारे ने लकड़ी बेच अच्छे पैसे कमाए
और सुखी रहने लगा परिवार ,
शेर को वो मामा कहने लगा और
शेर भी उसको देने लगा कीमती लकड़ी उपहार।

एकबार वो काफी दिन जंगल नहीं गया
तो शेर पहुँचा मिलने उसके पास ,
लकडहारे ने शेर को बोला कि मामा
दूर बैठो आपके शरीर से आ रही है बॉस।

जब वो जंगल गया तो शेर ने करवाया
लकडहारे की कुल्हाड़ी से अपने शरीर जख्म ,
कुछ दिनों में शेर की चोट ठीक हो गयी
और चोट का निशान भी हो गया खत्म।

शेर ने बोला कि चोट का निशान चला गया
लेकिन अभी तक चुभ रही है जुबान ,
भाग जाओ, जंगल कभी मत आना
तुम हो अहसान फरामोश इंसान।

इससे हमें ये शिक्षा मिलती है कि
हमें रखनी चाहिए वाणी हमेशा मधुर ,
बाहरी चोट तो ठीक हो जाती है
लेकिन कडवी जुबान घाव करती है प्रचुर।

6

राहुल जी का साक्षात्कार

चाहने वालो पे तरस आया क्योकि
राहुल का साक्षात्कार सुनके टूटी इनकी आस ,
दिग्गी चाचा के इतना अभ्यास करवाने
के बावजूद भी पप्पू नहीं हो पाया पास।

जब तक नहीं बोले थे तब तक चाहने वालो
में थी इनकी बुद्धिमता की धाक ,
इन्हें क्या पता था कि जो बंद मुठी लाख की है
वो खुल के हो जायेगी खाक।

अर्नव जी ने तरह तरह के सवाल किये
लेकिन जवाबो का था एक ही प्रकार ,
जैसे नक़ल करते हुए उत्तर पुस्तिका में
बना देते है पर्ची पे छपा हुआ आकार।

RTI महिला अधिकारों, नरेगा और
व्यवस्था में बदलाव की लगाते रहे गुहार ,
पिछले 10 सालो से भी तो आपका ही राज था
तब क्या सोये पडे थे सरकार।

कांग्रेस को नष्ट करने के लिए
राहुल का जन्म है भगवान् की योजना के अंतर्गत ,
अगर दो चार और साक्षात्कार दे देंगे
तो विरोधियो को नहीं करनी पड़ेगी मेहनत।

7

छुट्टी का दिन

छुट्टी का दिन था और चौधरी साब
पढ़ रहे थे आराम से अखबार ,
बच्चे भी मस्ती में खेल रहे थे
करके एक दुसरे तकिये से वार।

घर की हालत थी खराब सारा
घर में सामान था इधर उधर फैला ,
कही पड़े थे जूते मौजे, कही थे कपडे
और कहीं था स्कूल का थैला।

रसोई का काम निबटने के बाद
देख के घर भाभी जी ने लगाई आवाज ,
किसी के कान पर जूँ नहीं रेंगी
तो भाभी जी का गर्म हुआ मिजाज।

गुस्से में भाभी जी का रूप हुआ
विकराल जैसे हो दुर्गा का अवतार।
बच्चो को मारे दो झापड़ और
फैंका चौधरी साब के हाथ से अखबार।

एकदम बच्चे पढने बैठ गए और
साब ने साफ़ किये घर और बर्तन ,
घर तो जल्दी ठीक हुआ पर
भाभी को मनाने में पूरा दिन किया जतन।

8

चौधरी साब की साली

कल चौधरी साब से मिले तो
माथे की चोट देख अफ़सोस जताया ,
लेकिन उन्होंने तो युद्ध जीते हुए
सैनिक की तरह अपना किस्सा सुनाया।

बोले दरअसल पिछले कुछ दिन से
हमारे यहाँ आयी है हमारी साली ,
उनसे बाते करते हुए लगता है ऐसा
जैसा घर में छा गयी है हरियाली।

कई बार उनसे बाते करते देख
श्रीमती जी भी हो जाती है जज्बाती ,
लेकिन सगी बहन होने की वजह से
कुछ ज्यादा नहीं बोल पाती।

दोनों बहने जुड़वाँ है और दोनों की
आपस में मिलती है शकल ,
औरो की छोड़ो कभी कभी तो
चकरा जाती है हमारी भी अकल।

बस कल शाम को इसी चक्कर में
हो गयी बड़ी भारी गड़बड़ ,
श्रीमती समझ के गलती से
साली को लिया बाहो में जकड।

बस फिर क्या था ये देख
श्रीमती का चढ़ गया ऊपर पारा ,
रोटी बना रही थी हाथ में था
बेलन वोही फेक के दे मारा।

फिर हमने पुछा कि इस बात पे तो
भाभी जी होंगी बहुत नाराज ,
लेकिन ऐसा तो कुछ महसूस
नहीं हो रहा देख आपका अंदाज।

चौधरी साब बोले नहीं आज
श्रीमती खुश है करके ये कारनामा ,
बहुत दिनों से कौशिश कर रही थी
आज ही लगा है सही निशाना।

9

आजम खान की भैंसे

आजम खान की भैंसे गुम हुई तो
युपी पुलिस को मिल गया एक नया काम ,
चारों तरफ खोजने के बाद कुछ नहीं मिली
तो लगाया मोदी की रैली पर इल्जाम।

घर के दूध की कमी को पूरा करने के लिए
ढूंढे गए धर्मनिरपेक्ष भैंसों के व्यापारी ,
एक व्यापारी अपने साथ 3 सेक्युलर भैंसे लाया
जो देखने में लग रही थी बड़ी प्यारी।

बोला ये पहली भैंस राहुल जी के यहाँ से है
और दूध भी देती है भरपूर ,
बस इसमें थोड़ी दिक्कत ये है कि
दूध के समय माँ होनी चाहिए पास में जरूर।

दूसरी भैंस मायावती जी की है
और है दूध देने में है समर्थ ,
चारा कहीं खाए लेकिन दूध देने के समय
समझती है सिर्फ बहन जी के शब्दों का अर्थ।

ये तीसरी वाली आजकल बहुत पापुलर है
कभी कभी हो जाती है अपने आप के भी विरूद्ध ,
जब मर्जी होगी तभी दूध देती है
इसके साथ रहने वाली भैंसे है गाय से भी शुद्ध।

कुछ पुलिस वालो को मेरठ की रैली के पास
बची हुई भैंसे मिल ही गयी आखिर ,
खान साब ने लेने से मना किया बोले
मोदी की रैली के पास जाने से हो गयी है काफिर।

दोस्तों हमारे देश में केवल हिन्दुओ के विरुद्ध
बात करने वाला ही धर्मनिरपेक्ष कहलाता है ,
धर्म से पहले जो देश की बात करे तो
उसपे साम्प्रदायिक होने का ठप्पा लग जाता है।

10

नौकरी पेशा पत्नी

बहुत दिनों बात एक दोस्त से मिले
जिनकी पत्नी है नौकरी पेशा ,
भाभी जी की नौकरी की बधाई पे
इतना भड़के जिसका नहीं था अंदेशा।

बोले बीवी कमाती जरूर है
लेकिन खर्च करने में है कंजूसो की नानी ,
पानी ज्यादा न खर्च हो जाए
नहाने के लिए भी नाप के देती है पानी।

गर्म तवे को पानी की बाल्टी में
डाल पानी करती है गर्म ,
जिस दिन छोंक से बच जाए प्याज
उस दिन सलाद खा लेते है हम।

इस बार गर्मियों में लौकी सस्ती थी
तो खरीदी गयी बहुत सारी ,
पूरा महिना खानी पड़ी कभी रायता,
कभी कोफ्ते और कभी तरकारी।

जब से मेरा टिफिन देखा ऑफिस मे
सभी मेरा मजाक उड़ाते है ,
दुसरो की क्या कहूँ दोस्त भी पीठ पीछे
लौकी वाला साब कहके बुलाते है ।

फिर हमने सोचा ऐसे पैसे का भी
क्या फायदा जिसका ना कोई उपयोग ,
इससे तो हम ही मजे मे है चाहे
श्रीमती करे कितना भी पैसे का दरुपयोग ।।

11

संघ को किया बदनाम

जैसे ही उछला हेलिकॉप्टर घोटाले मे
कॉग्रेस के मुख्य परिवार का नाम ,
मीडिया के साथ मिलकर उनके
सिपहसालारो ने संघ को किया बदनाम।

इसकी वजह से एक बेनाम पत्रिका
रातो रात हुई मशहूर ,
मीडीया के बुधीजीवियो ने बिना परखे
मान लिया संघ का कसूर।

चुनावो के मौसम मे खास लोगो की बुराई
नही कर सकते कॉग्रेस वाले बर्दाश्त ,
घोटाले से ध्यान हटाने, धर्म विशेष को
करने आकर्षित इन्होने की ये सियासत।

धर्म विशेष को खुश करने के लिए
कुछ धर्मनिरपेक्ष दल बनाते है खास योजना ,
सोचो अगर दूसरे लोग इकट्ठे हो जाए
तो इन सबको पड़ सकता है देश छोड़ना ।।

12

युवराज का इतिहास

छाज के साथ छलनी भी बोले यही
कहावत चिरतार्थ कर रहे है श्रीमान ,
दूसरो से सवाल पूछने से पहले बताइए
क्या है इन्हे अपने दादा के नाम का ज्ञान।

गाँधी जी को संघ की विचारधारा ने नही
नेहरू जी के कुर्सी प्रेम ने मरवाया था ,
सभी जानते है कि नेहरू जी ने
कुर्सी की खातिर देश के बटवारा करवाया था।

गाँधी जी की तो सिर्फ बात करते है
उनकी विचारधारा को मिटा रही है कॉग्रेस ,
नेहरू, इंदिरा और सोनिया सब कुछ है
बेशक भाड़ मे जाए पूरा देश।

सरदार पटेल तो पुरे देश के नेता थे
और नहीं है कांग्रेस की जागीर ,
अगर वो देश के पहले प्रधान मंत्री होते
तो आज हमारे पास होता पूरा कश्मीर।

देश के भविष्य की बात कीजिये
सबको है खबर आपके पूर्वजों थे कितने बेदाग़ ,
जो इतने सालो से विकास नहीं किया
अब क्या मिल गया है अलादीन के चिराग।

कहा चाय बनाने वालो को साथ दो
लेकिन उल्लू बनाने वालो को ना देना मत।
इनका मतलब साफ़ है की पुरे देश के साथ
ये भी है मोदी जी की उम्मीदवारी पे सहमत ,

देश बदलाव की तरफ चल पड़ा है और
सबने माना है मोदी को सच्चा साथी अपना ,
देश को कॉग्रेस मुक्त बनाके मोदी जी
दरअसल पूरा करेंगे गाँधी जी का सपना।।

13

थोथा चणा बाजे घणा

थोथा चणा बाजे घणा कहावत सिद्ध करी
करके धरने और हंगामा ,
ऑस्कर अवार्ड के दावेदार है पक्के
केजरीवाल करके ये मनोरंजक ड्रामा।

जैसे नयी बहु ससुराल वालो को
चोर डाकू बताये ऐसी है इनकी करतूत ,
दहेज़ विरोधी कानून में फ़साने की बात करे
जब पति ने मांगे सबूत ।

हर बात पे जनमत करवाने वाले भागने से
पहले क्यों नहीं किया जनता से परामर्श ,
सरकार चलाना इनके बस की बात नहीं
त्यागपत्र से तो निकलता है यही निष्कर्ष।

सरेआम आत्महत्या की है और इनका
हो रहा है शहादत का रंग देने का प्रयास ,
जनता आपकी नौटंकी से बहुत तंग आ चुकी है
और चाहिए शांति और विकास।

इनके बार बार थूक के चाटने की वजह से
यु टर्न का पड़ गया है नाम केजरीवाल ,
बारिस से इंद्रदेव खुशी जताई कि
कुछ दिन और रहते तो दिल्ली हो जाती कंगाल।

दरअसल नजर लोकसभा चुनाव पर है
और राजनीती का खेल है दिल्ली के जमीं ,
इसबार समझदारी से वोट देना वर्ना
दिल्ली में भी नहीं थी पढ़े लिखो की कमीं।

14

मोदी की कर्नाटक रैली

मोदी के कर्नाटक रैली में
गजब था नजारा ,
मोदी मोदी की पुकार से
गूंज रहा था सभास्थल सारा।

मोदी जी के चाहने वालो का
जोश देखते ही था बनता ,
इनको देखने के लिए उमड़ी
लाखो की संख्या में जनता।

जैसे ही मोदी जी ने बोली
भारत माँ की जय जयकार ,
हर हर मोदी घर घर मोदी
की गूंजी चारो तरफ ललकार।

भाषण में सरकार को निक्कमेपन
और भ्रष्टाचार पे घेरा ,
कांग्रेस में लोकतंत्र मजाक है
यहाँ है एक परिवार का डेरा।

अपने भाषण में इक्कीसवी सदी
के भारत का सपना दिखाया ,
तटीय क्षेत्रो के विकास तथा
कपड़ो के व्यापार आदि के मन्त्र बताया।

24 घंटे बिजली देने की बात पर
विरोधी नेताओ ने जताया ऐतराज ,
मोमबत्ती उद्योग की दुहाई देके
इसके खिलाफ उठाई आवाज।

मोदी की लहर से कांग्रेस
और दुसरे सेक्युलर है परास्त ,
सुना है मोदी की रैलियों पे
कर लगाने की हो रही है सियासत।

कितना भी जोर लगाये सरकार
नया टेक्स या रोके टीवी प्रशारण ,
मोदी ही अगले प्रधानमंत्री होंगे
यही कह रहा है देश का पूरा गण ।।

15

चाय पे चर्चा

चाय पे चर्चा की सफलता से चकराई अकल
विरोधियों ने सोची करनी इसकी नक़ल।

राहुल बाबा ने चालू किया दूध पे विचार ,
प्रियंका दीदी ने शुरू किया खिचड़ी पे समाचार।

केजरी ने कफ सिरप पे वार्ता की बात विचारी ,
मुलायम सोच रहे है बैठक में लाना पान सुपारी।

जयललिता ने कहा कि मिलेगा इडली और डोसा ,
लालू ने दिखाया चारे के पैसे पे ही भरोसा।

राहुल बोले चलो मम्मी की व्हिस्की पे चर्चा करवाए ,
सोनिया बोली बेटा इन्ही बातो से तो तू पप्पू कहलाये।।

16

मोदी जी की पंजाब रैली

मोदी जी के आगमन पर
लोगो ने किया इतना सम्मान ,
भीड़ इतनी जुटी की छोटा पड़ गया
75 एकड़ का मैदान।

सुखबीर भाई ने सारी सीट
जितने का भरोसा जताया ,
दिल्ली भी काँप उठे
बादल जी ने ऐसा नारा लगवाया।

राजनाथ जी ने कांग्रेस के
दुबारा वोट मांगने पे उड़ाई खिल्ली ,
बोले दूध कैसे बच सकता है
जब रखवाली करे खुद बिल्ली।

मोदी जी ने लोगो को गुजरात
और पंजाब का रिश्ता समझाया ,
भाजपा अकाली गठबंधन को
हिन्दू–सिख एकता की मिशाल बताया।।

बोले सेवा, कृषि और निर्माण की
होनी चाहिए बराबर भागीदारी ,
खरीद, भण्डारण, वितरण अलग होने से
हल होगी अनाज की समस्या सारी।

साथ में लोगो को कांग्रेस राज के
घोटालो की abcd समझाई ,
देश के संसाधनों को पंजे से
बचाने की भी कसम खाई।

मोदी जी ये वीरो की धरती है
कण कण है बलिदान से रंगा ,
मन में एक चाह है की देखे
आपको लहराते हुए लालकिले से तिरंगा।।

17

मीडीया पे पाबन्दी की धमकी

ज्यों ही चारो तरफ मोदी की लोकप्रियता चमकी ,
गृहमंत्री देने लगे मीडिया पे पाबन्दी की धमकी।

विरोध को कुचलना तो है कॉग्रेस के खून मे शुमार ,
1975 मे इंदिरा ने भी किया था यही रास्ता इख्तियार।
मीडीया तभी तारीफ करेगा जब होंगे अच्छे समाचार ,
यहाँ तो हर रोज बलात्कार, घोटाले और भ्रष्टाचार।

सोनिया को गुस्सा आया और जोर से चिल्लाई ,
समझो सारे मन्नू की तरह चुप रहने मे है भलाई ,
ऐसी बाते करके क्यों खोलते हो हमारी कलाई ,
इतनी जल्दी भूल गये मीडीया पे राहुल की धुलाई

तुरन्त थूक के चाट लिया जब किया लोगो ने प्रतिकार ,
हम तो सोशियल मीडीया के बारे मे बोले थे इसबार ,

इनके इस बर्ताव पे 'आप पार्टी' वालो ने मचाया हाहाकार ,
बोले यू टर्न पे तो है केवल केजरीवाल का ही अधिकार।

सिन्धे जी आगे आगे देखिए ये तो है मात्र शुरुआत ,
आने वाले चुनावो मे जनता दिखाएगी आपको औकात।।

18

गरीब माँ बाप द्वारा बच्चो की हत्या

गरीबी की वजह से बच्चो को मारे माँ बाप ,
ऐसी खबर सुन के हृदय जाता है काँप ।

ऐसा ही कुछ महाराष्ट्र के हिंगोली में घटा ,
सोच सोच के अभी भी दिल जाता है फटा।

हमारे यहाँ दो देश है एक भारत एक इंडिया ,
एक में भूखे मर रहे दुसरे में है कुत्तो की भी ममियाँ।

गरीब मुजरिम थे तो पुलिस ने दिखाई रफ़्तार ,
अपराधी माँ बाप को तुरन्त किया गिरफ्तार।

इस घटना के क्या है केवल माँ बाप दोषी ,
जागो कब तक सोओगे कब तक रहेगी बेहोशी।

भूख की वजह से बच्चे मारे धिक्कार है ऐसी आजादी पे ,
इतने सालो में गरीबी नहीं मिटा पाए लानत है ऐसी खादी पे।

क्या हमारी व्यवस्था करती है ज्यादा बच्चों के लिए प्रेरित ,
ज्यादा छात्रवृति ज्यादा वोट में तो नहीं ढूंड रहे अपना हित।

नरेगा जैसी योजनाओं पर करदाता का पैसा बहाती है सरकार,
बांटने की बजाय लोगो को दे शिक्षा और रचनात्मक रोजगार।

संसाधनों के बावजूद इस हाल की वजह है जनसँख्या वृद्धि ,
जिसे रोकने के लिए वोटो के चक्कर में नहीं बनी कोई विधि।

वोट से ऊपर उठकर बदलनी पड़ेगी नेताओ को अपनी सोच ,
ऐसा कानून बने कि ज्यादा बच्चे करने में लोग करे संकोच।।

19

कैमरे की बिमारी

आजकल नयी बिमारी है जिसमे रहती है प्रचार की भूख ,
ज्यादा दिन टेलीविज़न पे न आये तो गला जाता है सूख।

ऐसी ही बीमारी के शिकार है इमानदारो के राजा केजरीवाल ,
कैमरे को देखते ही मारने लगते है बंदरो की तरह उछाल।

गुजरात के विकास कार्यो पे आरोपों पे है राणा जी का ख्याल ,
जैसे फेल होने वाला पूछे टोपर से 100 % नहीं लाने पे सवाल।

अब धरना नहीं देने की बात करते है जब लठ से हुई पिटाई ,
लातो के भूत बातो से नहीं मानते ये तो दुनिया कहती आई।

केजरीवाल मात्र कठपुतली है ये है कांग्रेस के तुरप का पत्ता ,
वोटो का बाँट कर सोनिया दिलाना चाहती है युवराज को सत्ता।।

20

मीडिया फिक्सिंग

मैच फिक्स होना सुना था केजरीवाल ने
दिखाया कैसे करते है इंटरव्यू फिक्स ,
ये तो वोही बात हुई कि बैट्समैन
फुलटॉस बोल मांगे मारने के लिए सिक्स।

कुछ अंध भगत कह रहे है की
सभी छवि चमकाते है क्या है इसमें बुराई ,
अगर सभी जैसा ही करना है तो
क्यों देते हो सबको अलग होने की दुहाई।

केजरीवाल और मीडिया के बीच साठ गाँठ का
ये विडियो है पक्का प्रूफ ,
अभी भी जो इनके साथ है उनको है
चुनाव में टिकट का लालच या है बेवकूफ।

जिसको सबके सामने गाली देते थे

वो मीडिया निकला 'आप पार्टी' का दलाल ,
उनको चुनाव टिकट इनाम में दिया
जिन पत्रकारों का किया था इस्तेमाल।

जिनके पैरो की धूल भी नहीं उनसे
अपनी तुलना करने में नहीं आयी लाज ,
शहीद भगत सिंह के इस अपमान के लिए
आपको माफ़ नहीं करेगा समाज।।

21
ससुराल की होली

एकबार होली पे भाभी जी मायके जाने के लिए बोली ,
चौधरी साब ने सोचा साली के साथ इसी बहाने करेंगे ठिठोली ।

भाभी को साथ में एक दिन पहले पहुंच गए ससुराल ,
साली ने इतना आदर सत्कार किया कि हो गए निहाल।

सोचने लगे जब होली से पहले है इतनी मनुहार ,
कल होली वाले दिन तो आ जायेगी बहार।

सुंदर सपने में विघन पड़ा जैसे मौसम हो तूफानी ,
'बुरा ना मानो होली है' कहके सोते समय किसी ने डाला पानी।

सालो के साथ होली खेलने गए पड़ोसियों के घर ,
जैसे ही पानी में भीगा हुआ कोरडा लगा तो आ गए चक्कर।

एक औरत का नाजुक हाथ कैसे हो सकता है इतना मर्दाना ,
पता चला पडोसी लड़के ने पहन रखे थे कपडे जनाना।

वहाँ से निकले तो साली खड़ी थी सहेलियों के संग ,
सोचा चलो कम से कम इन्हें तो प्यार से लगायेंगे रंग।

उस टोली को परखने में चौधरी साब से चूक हुई भारी ,
इन्होने साब की इज्जत उतारने के कर रखी थी तैयारी।

किसी ने गोबर लगाया किसी ने ग्रीस से मुहं किया काला ,
बात यही ख़त्म नहीं हुई बाद में कीचड भरे नाले में डाला।

वहाँ से निकले तो रास्ते में मिल गए साले के नशेडी मित्र ,
लगभग सारे कपडे फाड़े और हरण किया रहा सहा चरित्र।

बड़ी मुश्किल से जान छुड़ाई करके मिन्नतें फरियाद ,
हमें सुनाने के बाद मुस्कुराने लगे करके ससुराल की होली याद।।

22

चलो अपने देश

चुनाव की तिथि निश्चित हुई तो ढीले करो टाई कोट ,
वोट डालने के लिए चलो अपने देश बाँध के लंगोट।

नहीं सहेंगे महंगाई बेरोजगारी बहुत हुआ भ्रष्टाचार लूट खसोट,
ना कटने देंगे सैनिको के सर बहुत हुआ आंतकवाद और विस्फोट।

वोट कीमती है इसी से कर सकते है कांग्रेसी साम्राज्य पे चोट,
भाजपा प्रत्याक्षी को ही वोट देना नहीं लेनी धर्म जाती की ओट।

हर हर मोदी घर घर मोदी का नारा मन में लो घोट ,
मोदी जी को प्रधानमंत्री बनाने के लिए कमल पे देना है वोट।

अभी से टिकट करवा लो करके अपने चुनावक्षेत्र की तारीख नोट,
नहीं तो 5 साल प्रतीक्षा करनी पड़ेगी ठीक करने के लिए ये खोट।।

23

होली की शुभकामनाये

आओ खेले होली के रंग ,
अमीर गरीब बड़ा छोटा एक संग।

दुनिया की चिंता को मार गोली ,
बेपरवाह होकर खेले होली।

किसी की गाली से कम ना हो उत्साह ,
रंग ऐसा लगाना जो न उतरे पुरे सप्ताह।

जिन्हें है रंगों से एलर्जी वो रखे ख्याल ,
रंग डालने वाले से नहीं कर पाओगे सवाल।

रसायनिक रंगों के उपयोग से करे परहेज ,
दुस्प्रभाव से चेहरा हो सकता है निस्तेज।

सभी गिले शिकवे छोड़ त्यौहार मनाये ,
सभी लोगो को होली की ढेर सारी शुभकामनाये।।

24

शहीद दिवस पर विशेष

आज के दिन आज़ादी के दिवानो ने
फांसी के फंदे को चूमा था ,
उन्ही शहीदों के बलिदानों से
आजादी के पहियाँ तेजी से घुमा था।

आज़दी के इतने सालो के बाद
क्या है शहादत का मौल ,
आज भी हम एक दुसरे को
जाति धर्म के नाम पर रहे है तौल।

भ्रष्टाचार, वंशवाद, साम्प्रदायिकता
की जंजीरे फिर से रही है जकड ,
वोटो के लिए योजनाये बना बनाकर
जीतने वाले कांग्रेसी नेता रहे है अकड़।

मोदी जी में पक्के देशभगत के गुण
ज्यादातर उन्हें प्रधानमंत्री देखना चाहते है
लेकिन कुछ लोग उम्मीदवार की जाति धर्म देख
भाजपा को वोट देने में कतराते है।

जब तक कांग्रेस का राज है
नहीं हो सकता देश का सच्चा हित ,
भाजपा को जिताने का प्रण लेकर
करे शहीदों को सच्ची श्रद्धांजलि अर्पित ।।

25

मोदी की कुरुक्षेत्र रैली

दिल गद गद हो गया देख कुरुक्षेत्र रैली का नजारा ,
जोश इतना था चारो तरफ गूंज रहा था मोदी मोदी का नारा।

पांडाल खचाखच भरा देख मोदी जी का चौड़ा हो गया सीना
रैली की भीड़ देख विरोधियों को भी आया पसीना।

भीड़ देख कांग्रेसी कह रहे थे ये रैली थी या सुनामी ,
दस्तो की गोलियाँ मांग रहे थे छुपाने के लिए नाकामी।

हमेशा की तरह मोदी जी ने अपने भाषण में खूब रंग जमाया
कोलजी वाले लाला जी जमींदार जीजा जी का किस्सा सुनाया।

रैली की भीड़ और जोश देख यही एहसास हो रहा है इसबार
लोगो ने ठान लिया है अबकी बार मोदी सरकार ।।

26

मन में मोदी जन में मोदी

मन में मोदी जन में मोदी,
केवल मोदी में ही विश्वास है
मोदी ही जाति मोदी ही धर्म,
मोदी से ही देश का विकास है।

गाँव में मोदी शहर में मोदी,
मोदी से नयी उमंग का अहसास है ,
उत्तर में मोदी दक्षिण में मोदी,
मोदी की जीत का आभास है।

सुशासन में मोदी प्रशासन में मोदी,
मोदी से ही भ्रष्टाचार को सन्यास है ,
पर्चे पे मोदी चर्चे में मोदी,
वंशवाद से मुक्ति की मोदी से ही आस है।।

27

काशी में केजरी पे अंडे फैके

जो काबिल है खाने के लिए जूते और डंडे ,
उनके ऊपर ख़राब किये लोगो ने फैंककर अंडे।

दरअसल ये पब्लिसिटी पाने का नया ड्रामा है ,
केजरी के चेलो ने ही विरोध का रचा हंगामा है।

नौटंकी करने में तो हो गए है सुपर स्टार ,
जानते है मोदी विरोध से ही मिलेगा मीडिया प्यार।

इनके पिछले कुकर्मो को देख हो रही है अनुभूति ,
कच्छा भी फडवा सकते है पाने के लिए सहानुभूति।

बेशर्म किस्म के प्राणी है नहीं समझते अपमान ,
मुक्ति के लिए चाहते है काशी में अपना पिंडदान।।

28

संजय बारू की किताब

प्रधानमंत्री के सलाहकार की किताब ने
किये कुछ ऐसे खुलासे ,
कैसे कुर्सी के लालच में सोनिया ने
मनमोहन से करवाए रोज तमाशे।

कैसे 2004 में त्याग का नाटक कर सोनिया ने
अपनी राजनीतिग समझ का परिचय करवाया ,
विदेशी मुद्दे पे विरोधियों का मुह मोड़ा और
NAC बना के पर्दे के पीछे से राज चलाया।

कैसे मनमोहन रिमोट से चलते थे
और 10 जनपथ में थी सारी शक्ति ,
चाहे बड़ी सरकारी खरीद फरोख्त हो
या करना हो किसी मंत्री की नियुक्ति।

सरकार में जितने अच्छे काम हुए
उसमे लगा है केवल गाँधी फॅमिली का ब्रेन ,
जब घोटाले भ्रष्टाचारो की बात आती है
वो सब है मनमोहन सरकार की देन।

इतने साल कुर्सी से चिपके रहे
क्या थी मनमोहन की मजबूरी ,
या तो खुद भी मलाई में भागीदार है
या फिर सही नहीं जाती थी कुर्सी से दुरी।

सबको मालूम है संजय जी ने जो भी लिखा
इसमें कुछ भी नयी नहीं है बात ,
लेकिन गाँधी परिवार के खिलाफ लिखा
देनी पड़ेगी इनकी हिम्मत की दात।।

29

राणा जी के दोहे

चाहे संजय बारू पढ़िए या लीजिये पारीख को बांच ,
मनमोहन रबर स्टाम्प थे ये कहे दोनों किताबो की जांच।

मनमोहन सोनिया दोनों खडे काके करूँ मक्खनबाजी ,
बलिहारी सोनिया माई आपने ही मंत्री की कुर्सी है नवाजी।

जब तक है रोटी की आदत सारा परिवार भूखा सोये ,
कोयला और चारा खाना सीखो रिश्तेदारों का भी भला होए।

सहयोगियों अपना रिश्ता कांग्रेस से मत तोड़ो चटकाए ,
प्यार से मान जाओगे या फिर सीबीआई पीछे लगाये।

कांग्रेसी करे सोनिया इबादत तरकीब है सबकी न्यारी ,
मौन रहे मनमोहन और जूठ बोलता फिरे मनीष तिवारी।

कितना भी काम करले कांग्रेसी नहीं मिलेगा मंत्रिपद ,
मोदी बुराई सोनिया चापलूसी ही बढ़ा सकती है तेरा कद।।

30

और भी गम है मोहब्बत के सिवा

हर आहट पे चोंक जाता हूँ बरसो से जाने किसका इन्तजार है,
हर नए पत्ते को देख लगता है कि जीवन में आने वाली बहार है।

सुबह जब जागता हूँ तो आँखों में रहती है एक तस्वीर सी ,
शाम होने तक छवि धुंधली पड़ जाती है मेरी तकदीर सी।

मैं तो मान भी लूं पर दिल को है अभी भी तेरे आने का अंदेशा,
तेरी यादो से भरे गलियारे कैसे छोड़ू कहीं आ ना जाये कोई संदेसा।

मेरे चेहरे की रौनक देख मत समझ खुशगवार है हालात ,
किसी सुबह तकिये का गीलापन देख ही जानोगे मेरे जज्बात।

तेरी मजबूरी जानता हूँ क्या तुझे है अंदाजा मेरे दिल की गहराई का,
या तो मेरी किस्मत में नहीं या तुझे डर है जमाने की रुसवाई का।

और भी गम है मोहब्बत के सिवा यही सोच दिल बहला लेता हूँ ,
जब याद तेरी आती है तो अँधेरे कोने में जाके आंसू बहा लेता हूँ।।

31
अमरीकी अख़बार में जीजा जी

जैसे ही अमरीकी अख़बार ने छापी जीजा जी के बारे में खबर
शहर में बंटवाई मिठाई, पप्पू को बहुत खुशी हुई ये पढ़कर।

भाषण में बोले टाटा को भी करोडपति बनने में लगे सालो साल,
लोगो के लिए है मिशाल जीजाजी, सिर्फ 5 साल में किया कमाल।

जल्दी पैसे कमाके दिखाया की वढेरा विकास मॉडल है सर्वोत्तम,
वोट देने से मत चूकना यही मॉडल पुरे देश में लागु करेंगे हम।

कंवारो के लिए है प्रेरणाश्रोत इनकी सीख याद रखेगा इतिहास,
बेटी चाहे जैसी भी हो लेकिन सोनिया जैसी ही होनी चाहिए सास।

सोनिया ने सुना तो सोचने लगी कब तक रहेगा राहुल बालक ,
अच्छा होता अगर बचपन में पीज़ा की जगह खिलाती पालक।।

32

जीजाजी की वजह से बदनाम हो गए

44 साल की उम्र में भी है निठल्ले
कांग्रेस वालो के लिए यूथ आइकॉन हो गए।

पर्दे के पीछे से चला के राज 10 साल तक
त्याग की देवी बन महान हो गए।

खुद साथ है सजायाफ्ता लालु के साथ
आरोपी से बात करे कोई तो बेईमान हो गए।

राज किया बाँट के पूरा देश 60 सालो तक
मोदी की आंधी के आगे सेकुलर इंसान हो गए।

जिनका कुकर्म जनता जान नहीं पाई बरसो तक
वो जीजाजी की वजह से बदनाम हो गए।।

33

कुदरत का कानून

हर आहट पे चोंक जाता हूँ जाने किसका है इन्तजार ,
कोई आवाज आती है तो लगता है वो रहा है पुकार।

सोचता हूँ ये करता तो शायद कुछ और ही होता परिणाम ,
लिखे को कौन टाले शायद मेरे भाग्य का यही था अंजाम।

किसी के भी जाने से चलता रहता है दुनिया का व्यवहार ,
वो कैसे चले जिसकी दुनिया ही लूट गयी सरे बाजार।

लोग समझाते है कि वापिस नहीं आता गुजरा हुआ वक्त ,
कोई कुछ नहीं कर सकता कुदरत का कानून है बड़ा सख्त।

शायद इतना ही साथ था इतने ही दिन का था हमसाया ,
हम कठपुतली मात्र है कैसे समझ सकते है उसकी माया।

मंजूर है उसका इन्साफ बस एक है छोटी सी है कामना ,
इस कडवी सच्चाई से मत कारवाना किसी और का सामना ।।

34

बोलने की स्वतंत्रता

कभी धरना, बच्चो के कस्मे कभी यू टर्न का था इनको रोग ,
आजकल करते है बोलने की स्वतंत्रता के अधिकार का दरुपयोग।

कल भी भ्रष्टाचार मुद्दा था यही है मुद्दा आज की तारीख ,
आजकल केजरी भैया नोट के बदले वोट देने के दे रहे है सीख।

इनकी सजिया मोहतरमा तो उठा रही है क्रांतिकारी कदम ,
मुस्लिम भाइयों को समझा रही है कट्टरपंथी होने का इल्म।

विरोध, धरना के अलावा क्या है इनकी राजनीती का आधार ,
महंगाई, देश की सुरक्षा आदि पे कब प्रकट करेंगे विचार।

मुखोटा उतर गया है और दिख गया है इनका असली रंग ,
दोस्त, अब करले बुधि का इस्तेमाल और होले मोदी के संग।।

35

मोदी जी का बनारस से नामांकन

भगवा में डूबा पूरा शहर उत्साह से किया सभी ने अभिवादन ,
आज बनारस मोदीमय हो गया जब नमो ने भरा नामांकन।

जन्म क्षेत्र से महात्मा बुध को जोड़ा अम्बेडकर को किया याद ,
महात्मा बुध, बाबा विश्वनाथ और माँ गंगा का लिया आशीर्वाद।

आशीर्वाद ऐसा माँगा कि काशी का फिर हो पुरे जग में नाम ,
चीन से भी आगे बढे ऐसा हो यहाँ के बुनकरों का मुकाम।

प्रस्तावक बने पं छन्नूलाल मिश्र, मालवीय जी के पोत्र गिरधर ,
और साथ में बने अशोक कुमार, भद्र प्रसाद जो पेशे से है बुनकर।

मोदी जी भी अभिभूत हो गए देख जनता का प्यार ,
चारो तरफ थी एक ही आवाज अबकी बार मोदी सरकार।।

36

कश्मीर नहीं अब्दुला के बाप की जायदाद

कान खोल सुनो नेहरु की नाजायज औलाद
कश्मीर नहीं है तुम्हारे बाप की जायदाद ,
तब कहाँ गयी थी धर्मनिरपेक्षता
जब कश्मीरी पंडितो को किया था बर्बाद।

कश्मीर मुद्दे पर पूरा देश है एकत्र
धर्मनिर्पेक्षेता पे नहीं चाहिए तुम्हारा प्रमाणपत्र ,
जल्दी से अपने लिए सुरक्षित जगह ढूंड लो
16 मई के बाद ठीक नहीं तुम्हारे नक्षत्र।

देश को पता है कहाँ देना है मत
राहुल जैसे रिश्तेदारों को देना अपनी नसीहत ,
बेशक शेर की खाल पहन ले गीदड़
छोड़ नहीं सकता गन्दी हरकत।

मोदी जी तो आगे बड़ते रहेंगे निरंतर
जैसे कुत्तो के भोंकने से हाथी को नहीं होता अंतर ,
मोदी जी ही धारा 370 हटायेंगे
कश्मीर का भी विकास होगा देश के समांतर।।

37

टीवी में आने का अहिंसक जुगाड़

काफी दिन हो गए अंडे खाए
काफी दिनों से नहीं हुआ थप्पड़ प्रहार ,
इसीलिए केजरी का कोई समाचार नहीं
इसीलिए बंद है आजकल प्रचार।

अन्डो से भी चोट लगती है और
थप्पड़ भी देता है मूह की हालत बिगाड़ ,
अब अपने कपडे फड़वा के कर रहे है
टीवी में आने का अहिंसक जुगाड़।।

38

दिग्गी मामा की छादी में जलूल आना

दिग्विजय जी ने जैसे ही किया अपना नाजायज संबंध स्वीकार,
सोशल मीडिया पे शादी की बधाई और निमंत्रण पत्रों की हुई बोछार।

विभिन्न प्रकार के थे निमंत्रण पत्र और अलग अलग थी भाषा ,
लेकिन अमृता राय के चाहने वालो में जरूर हुई थोड़ी निराशा।

"दिग्गी मामा की छादी में जलूल आना" वाला मनुहार बहुत भाया,
दिग्गी ने सभी कार्डो पर यही जुमला लिखने के लिए फरमाया।

बेनी प्रसाद जी ने गुस्से में इस तरह किया मीडिया पे प्रहार ,
हम तो मर रहे है गर्मी में इन्हें मिले घर बैठे प्रेमिका और प्रचार।

पत्रकारों की सभा में लड़ने लगी महत्वाकांक्षी महिला पत्रकार ,
बोली हमें दिया जाए वरीयता के हिसाब से NDTV में रोजगार।

राहुल बोले दिग्गी मामा के साथ घोडे पे मै ही बैठूँगा माता ,
सोनिया बोली कि घोडा अपने ऊपर गधे को नहीं बिठाता।

इसे नहीं है लालच कुर्सी का इसलिए नहीं है मेरा गुलाम ,
किसी कांग्रेसी को ही घोडा बनाकर फिलहाल चलाओ काम।

सही कहा लालच के चक्कर में ही बिकता है दीन ईमान ,
सभी अनैतिक कार्य करता है लालसा की पूर्ति के लिए इंसान।।

39

मोदी का बांग्लादेसी शरणार्थियों पे बयान

जैसे ही मोदी ने की बांग्लादेशियो को बाहर निकालने की घोषणा
सभी सेक्युलर इक्कट्ठे हो गए और चालू किया मोदी को कोसना।

बंगाल के एक मंत्री ने तो दे डाली मोदी जी को कसाई की संज्ञा,
तब कहाँ था आपका भाषा ज्ञान जब हो रहा था गोपालपुर में दंगा।

ममता दीदी की ममता जागी और कही दिल्ली हिलाने की बात,
पाक से आये हिन्दू शरणार्थियों के लिए कहाँ है आपके जज्बात।

सोनिया जी के आंसू बह निकले और तुरंत दिया ये प्रेस नोट ,
बोली अगर ये चले गए तो कौन देगा मेरे लाल के लिए वोट।

केजरीवाल का चिरपरिचित अंदाज में फूटा गुस्से का झरना ,
बोले या तो मोदी बयान वापिस ले नहीं तो मैं करूंगा धरना।

लालु, नितीश, मुलायम आदि ने साथ आकर किया ये एलान ,

इनका देश की सम्पदा पर पूरा हक है ये तो हमारा खानदान।

साधन सीमित है और भीख देने की स्तिथि में नहीं है अभी देश,

अकल के अन्धो देश की खुशहाली के लिए समझो ये सन्देश।।

40

जन्मदिन याद रखने का तरीका

एक बार भाभी जी दे रही थी चौधरी साब की याददाश्त की दाद
बोली कितना भी व्यस्त हो लेकिन रखते है मेरा जन्मदिन याद।

चौधरी साब से राज पूछा तो सुनाने लगे एक किस्सा ,
बोले अगर शिक्षा चाहिए तो जरूरी है आखिरी हिस्सा।

बोले अकल घास चरने चली जाती है जब समय हो प्रतिकूल ,
शादी के बाद एक बार हम भी गए थे इनका जन्मदिन भूल।

श्रीमती जी ने भी याद दिलाने के लिए कई इशारे ,
बिलकुल भी समझ ही नहीं पाए थे वक़्त के मारे।

खैर ताने के साथ याद करवाया खत्म होते ही दिन की मियाद,
तुम हमेशा इतनी ही सुंदर रहती हो तो कैसे रहे जन्मदिन याद।

इस वाक्य ने बचाई जान और किया रामबाण का काम ,
चमकने वाली चीज दिलाने की शर्त पे माफ़ी मिली इनाम।

चमकने वाली चीज के नाम पे याद आया केवल झूमर ,
ऑफिस से आते हुए रास्ते में से खरीद पहुंचे घर।

झूमर देखते ही श्रीमती जी का पारा गया चढ़ ,
मेज से टकरा गयी जब रही थी हमारी तरफ बढ़।

इसके ऊपर हमारी हंसी ने किया और भी नाराज ,
उसके बाद तो याद है केवल एम्बुलेंस के सायरन की आवाज।

दोस्तों, श्रीमती का जन्म दिन याद रखने का यही है असूल
बस जिन्दगी में एक बार भूलने की करके देखो भूल।।

41

हिंदुस्तान को ही अपना धर्म समझते है

कांग्रेस वाले एक की परिवार विद्वान समझते है
परिवारवाद को हम देश का दुर्भाग्य समझते है

पुरे देश की जमीन हडप ली कोडियों के भाव
जमींदार जीजाजी देश को सास का साम्राज्य समझते है।

वो तारीफ़ करते है नरेगा और खाद्य सुरक्षा बिल की
हम भीख से ज्यादा विकास की बात समझते है।

चुनाव के समय करते है केवल मोदी जी की बुराई
पिछले 10 सालो का हिसाब हम अधिकार समझते है।

वो करते है धर्म विशेष के तुस्टीकरण की बाते
हम हिंदुस्तान को ही अपना धर्म समझते है।।

42

कलम की ताकत पहचान

भीम की गदा है, तुम हो अर्जुन का तीर
पूरी दुनिया जानती है तुम हो वीरो के वीर

पृथ्वीराज का तेज है तुझमे महाराणा का बल
अगर ठान तो हिमालय भी जाए पिघल

तुम्हारी तलवार ने ली है कितने दुश्मनों की सांस
अगर तुम पकड़ लो तो तलवार बन जाता है बांस

तेरी करुणा का ज़माना नहीं लगा सकता मोल
लेकिन तेरे अहंकार ने बदला है कई बार देश का भूगोल

अभी ज्ञान युग है तो वीरता का सभी उड़ायेंगे उपहास
कलम की ताकत पहचान अभी भी बदल सकता है इतिहास।।

43

महाराणा के जन्म दिन पर

भारत के वीर सपूत को जन्म दिन पर शत शत नमन
धन्य है मेवाड़ की भूमि प्रताप से महका जिसका चमन।

इनके कट्टर दुश्मनो ने भी इनकी खुद्दारी का लोहा माना था
हल्दी घाटी रण मे इनके जोहर को पूरी दुनिया ने जाना था।

चेतक की टापो भाले की टंकार से गूंजा था मैदान–ए–जंग
मुगलों की सेना के छक्के छुटे देख महाराणा का पराक्रम।

देश की स्वाधीनता के लिए जिसने जंगल में काटी जवानी
जंगली बेर घास की रोटी खाई शायद ही मिले ऐसा बलिदानी।

भारत माँ का गौरव हो तुम हो राजपूतो की पहचान
रहोगे युवाओ के लिए हो प्रेरणा श्रोत भारत के वीर महान।।

44

बचपन के दिनों को जब भी करता हूँ याद

बचपन के दिनों को जब भी करता हूँ याद
मन करता है फिर से उस दौर में जाने की फ़रियाद।

साइकिल के टायर से लम्बी दुरी तय कर जाना,
खेलने के बाद नहर के ठन्डे पानी में नहाना।
बैठे रहना दोस्तों के साथ करते हुए समय बर्बाद ,
बचपन के दिनों को जब भी करता हूँ याद।

सबसे पैसे इकट्ठे करके लाना क्रिकेट बाल
पेंट हुए लकड़ी के बैट का करना इस्तेमाल।
करना एक एक रन के लिए आपस में विवाद
बचपन के दिनों को जब भी करता हूँ याद।

विडियो के लिए छत पार करना बिना सीढ़ी के
सुट्टे मारने के लिए ढूँढना टोटके बीडी के।

उठाना चुपके चुपके हुक्के की गुडगुड का उन्माद
बचपन के दिनों को जब भी करता हूँ याद।

रोज शाम को मक्की के दाने भुनवाना
जून की गर्मी को लस्सी से भगाना।
लहसन की चटनी के साथ रोटी का स्वाद
बचपन के दिनों को जब भी करता हूँ याद।।

45

एग्जिट पोल के नतीजे

एग्जिट पोल के नतीजो ने तोड़ी मोदी विरोधियों की आशा
सभी ने अपने ढंग से दी हार की जिम्मेदारी की परिभाषा।

पप्पू को बचाने के लिए चमचो ने स्थापित किया नया आयाम
मालिक के बच्चे गंदगी कर सकते है सफाई तो है हमारा काम

बहुत सारे लोग है जिनपे फोड़ा जा सकता है हार का ठीकरा
मनमोहन क्या काम आयेंगे उन्हें ही बनायेंगे बलि का बकरा।

मुलायम, नितीश आदि ने ठहराया मोदी को सीधे जिम्मेदार
विकास की बाते करके किया जनता का साम्प्रदायिक व्यवहार।

मायावती ने लगाया मोदी पे भाजपा में शामिल होने का इल्जाम
चाय बेचने वाला तो हमारी पार्टी में भी नहीं पा सकता ये मुकाम।

केजरी बोले बहुमत पाने में रह गई केवल 270 सीटो की कमीं

जनता के बीच पोल न खुलती तो पीएम् की कुर्सी मिलती लाजमी।

नाच ना जाने आँगन टेढ़ा इनके लिए यही हकीफ़त की है पुकार
वंशवाद नकारा जनता ने पुकारा अबकी बार मोदी सरकार।।

46

सेकुलर दंगे

फिर से बना हैदराबाद कब्रगाह
फिर से मारे गए बेगुनाह
कब सुधरेंगे धर्म के ठेकेदार
कब तक करेंगे जनता को गुमराह।

क्योंकि कांग्रेस राज में हुआ है पंगा
ये तो है पूरी तरह सेकुलर दंगा
मीडिया भी है चुपचाप
गुनहगारो को नहीं कर रहा नंगा।

राहुल ने पहले ही दिखाई थी धौंस
अगर कांग्रेस को हारने का दिखाया जोश
तो फिर मारे जायेंगे 22000 निर्दोष
बाद में करते रहना फिर अफसोस।

सभी सेकुलर दल है चुपचाप
जैसे काट गया हो इनको सांप
ओवेशी है क्या तुम्हारा बाप
इतने पे भी हृदय नहीं रहा काँप।

दरअसल मोदी की देखकर लहर
धर्म के ठेकेदार फैला रहे है जहर
16 मई को भारत माँ का लाल
भड़काने वालो पे बरसायेगा कहर।।

47

चुनाव परिणाम के दिन की तैयारी

16 मई का सभी को था इंतजार
मिलके समाचार देखने का किया विचार

पूरे दिन की रूपरेखा की गयी तैयार
कैसे बनाया जाए दिन को मजेदार

दीपिका भाभी ने दिखाई दरियादिली
देवेंदर जी के घर बैठने की जगह मिली

पारूल और दीपिका भाभी बनाएगी नाश्ता
ढोकला हो, पोहा हो या हो पाश्ता

पल्लवी भाभी को है चाय बनानी
किरण जी ने केक लाने की ठानी

देबाशीष जी ने ली डिस्पोज़ेबल लाने की ज़िम्मेदारी
महफ़िल जमाने की गोविंद जी के साथ हमारी बारी

नित्या के जन्मदिन के उपलक्ष पर
बच्चो की पार्टी है अरुणा भाभी के घर

ऑर्डर पे खाना मंगवाने का हुआ है फरमान
खाने के समय तक आ सकता है चुनाव परिणाम

गायकवाड जी को इंतजाम करना है पानी
गुप्ता जी को है दांत की वजह से परेशानी

अनीस जी नेता है तो किसी जिम्मेदारी से नहीं जोड़ा
जरूरत पड़ी तो बनवा सकते है आलू प्याज का पकोड़ा ।।

48

राहुल बाबा की गुमशुदगी

सोनिया ने दी पार्टी करने के लिए वापिस मनमोहन का रिमोट
कांग्रेसी गए थाने लिखवाने राहुल की गुमशुदगी की रिपोर्ट

विपक्ष को मुद्दा मिल गया लगाया राहुल पे इल्जाम
पहले भी ये कई बार पीएम् की बेईज्ती कर चुके है सरेआम

सोनिया बोली विपक्ष वाले क्यों नहीं समझते किसी की मजबूरी
बच्चे समझते है कार्टून देखना पार्टी से ज्यादा जरूरी

राहुल को वैसे भी नानी के घर जाने की करनी है तैयारी
साथ में छोटा भीम की सीडी भी कॉपी करनी है बहुत सारी

दरअसल चुनाव की थकान उतारने के लिए गए होंगे कहीं विदेश
पूछने की हिम्मत नहीं कोई करेगा चमचो की पार्टी है कांग्रेस ।।

49

चुनाव परिणाम का दिन

सुबह के समय

कौन कम्बखत सोया रातभर

घडी देखते रहे रात को उठ उठ कर

अलार्म का इंतजार कौन करे

सुबह 4 बजे ही छोड़ दिया बिस्तर

रात के समय

कल रात बैचेनी की वजह से नींद नहीं आयी

आज कमबख्त खुशी ने आँखों की नींद उड़ाई।।

50

मोदी जी की अप्रत्याशित जीत

मोदी जी की अप्रत्याशित जीत के लिए देशवाशियों को बधाई
जनता ने एक ही झटके में कर दी भ्रष्टाचारियों की सफाई

लहर कहो या सुनामी, आंधी कहो या कहो चक्रवात
कांग्रेस को ऐसा धोया विपक्ष में बैठने की भी नहीं औकात

सिंधे, जिंदल, बंसल, पायलट, खुर्शीद और कपिल सिब्बल
कांग्रेस के बड़े दिग्गजों की जनता ने ठिकाने लगाई अकल

साइकिल सिर्फ घर में चली और हाथी ने भी दिया अंडा
राजनीती सिर्फ धरनों से नहीं चलती केजरी को मिला फंडा

करूणानिधि, फारुक अब्दुला, अजित सिंह की पार्टी हुई साफ
नितीश जैसे अहंकारी को भी पता चला जनता का इन्साफ

मानता हूँ मोदी विरोधियों के लिए है ये बहुत ही कठीन क्षण

उनके लिए बेहतर होगा सुबह शाम करना गीता उच्चारण

जनता ने बहुत बड़ी जिम्मेदारी दी है दिखाके मोदी में विश्वास

शुरू में जनता में जाके मोदी जी दिए अच्छे दिनों का पूर्वाभास।।

51

बाप बेटे की भी धोनी है धोती

माँ बेटे को औकात दिखाई अब बाप बेटे की भी धोनी है धोती
हरियाणा 36 बिरादरी का है नहीं किसी जाति विशेष की बपौती

हुड्डा जी तो गर्मियों में ही बरसाती मेढको से है बेहाल
विधानसभा चुनाव के समय असली बारिस में क्या होगा हाल

कुमारी सेलजा पहले ही भाग गयी धाराशायी हो गए बड़े बड़े धुरंधर
बुरी तरह हारे उद्योगपति नवीन जिंदल और अध्यक्ष अशोक तंवर

सरकारी मदद से अपने बेटे की जीत पर इतराने की नहीं है जरूरत
ये तो आइना था विधानसभा चुनावो में दिखेगी आपकी हकीक़त।।

52

बदलेगा हिन्दुस्तान

ताज़गी लेकर आई नयी सुबह ताज़गी लेकर आए चुनाव परिणाम,
देश के भविष्य की उम्मीद जागी लगे कि अब बदलेगा हिन्दुस्तान।

बुरी तरह हराकर लोगो ने बंद की कांग्रेसी बड़बोलो की जुबान,
पूर्ण बहुमत दिलाकर भाजपा को जनता ने बढ़ाया मोदी का मान।

इन चुनाव परिणाम है जनता का मोदी में विश्वास का प्रमाण ,
मोदी को प्रधानमंत्री बनाना है मिटाके कॉग्रेस का नामो निशान।

लगने लगा है भ्रष्टाचार ख़तम होगा जेल जाएँगे लुटूरे और बेईमान,
धर्मनिरपेक्षता का ढोंग बंद होगा, क़ानून होगा सब के लिए समान।

अब कोई भूखा नही रहेगा सबको मिलेगी शिक्षा सबको ज्ञान ,
कोई भी सड़को पे नही सोएगा सबको मिलेगा रहने को मकान।

सीमा सुरक्षित होंगी नही होगा सैनिको के सर कटने का अपमान,

कश्मीर को छोडिए पंगा लेकर लाहौर को भी गवायेगा पाकिस्तान।

देश मे तकनीक विकसित होगी देशी उद्योग धंधो का होगा उत्थान,
चौतरफा विकास से भारत को फिर सोने की चिड़िया कहेगा जहान।

दोस्तो ना राणा जी भावुक है ना है ये कवि कल्पना की उड़ान,
इसीलिए तो आजादी पाई थी अब मोदी से भी है यही अरमान।।

53

मुद्दा विहीन हो गए

जब से जीते है मोदी जी हम मुद्दा विहीन हो गए
लगता है अब कविता लिखने में अनुभवहीन हो गए

कांग्रेस के हारने से करेंगे किसकी खिचाई
दिलो दिमाग राहुल के चुटकलों के अधीन हो गए

कौन खायेगा अब पब्लिसिटी के लिए थप्पड़
केजरी दिल्ली तक सिमटने के लिए विचाराधीन हो गए

जो कहते थे मोदी लहर को ब्लोअर की हवा
वो नितीश मुख्यमंत्री पद से एक दो तीन हो गए

मायावती के हाथी ने अंडा दिया
सभी समाचार इसके आगे मलीन हो गए

वंशवाद का जिस तरह हुआ सफाया इसबार
सुनके सभी राजनैतिक परिवार ग़मगीन हो गए।।

54

मोदी जी का संसद में प्रथम प्रवेश

मोदी जी ने जैसे ही संसद की सीढियों पे टेका माथा
लोकतंत्र के इस मंदिर में बढ़ गयी लोगो की आस्था

आपके भाषण की चर्चा थी चारो ओर सड़क हो या घर
मंत्रमुग्ध हो गए देशवासी भारत माँ के बेटे को सुनकर

आपकी आँखों में पानी देख भावुक हुआ पूरा देश
माँ की सेवा बुजुर्गो का आदर मन को छु गया ये संदेस

ऐसा नेता पाकर बढ़ गयी प्रधानमंत्री पद की गरिमा
ऐसे संस्कारी पुत्र को जन्म दिया धन्य है आपकी माँ ।।

55

केजरी का जेल ड्रामा

हमें मुद्दा विहीन देख भाई को आई दया
केजरी जी ने जेल जाने का रचा ड्रामा नया

वास्तव में इनकी नौटंकी थी इतनी मजेदार
अपनी फिल्मो में लेने वालो की लगा गयी कतार

बॉलीवुड के बड़े सितारों ने की इनसे मुलाकात
कमाई का हिस्सा लेलो पर पेट पे मत मारो लात

सिसोदिया बोले होके अभिनय क्षमता से प्रभावित
क्यों ना करे अभिनय सिखाने वाली पत्रिका प्रकाशित

इतना मीडिया प्रेम है तो करे अपने न्यूज़ चौनल का विचार
'आप'के बेरोजगार पत्रकार भी खुश, दिनभर करना प्रचार

केजरी बोले तिहाड़ तो आया हूँ देखने किरण जी का काम
वर्ना मेरी हरकतों के लिए आगरा ही है सही मुकाम।।

56

मोदी की ताजपोशी

आ गया वो ऐतिहासिक दिन जिसका था इन्तजार
मोदी को शपथ लेते देखने का सपना हुआ साकार

शपथ समारोह में पहुंचे सभी सार्क देशो के राष्ट्राध्यक्ष
इससे पुरे विश्व में धाक जमाने का पूरा किया लक्ष

चाय बनाने वाले से लेकर बॉलीवुड के लोग थे मेहमान
शालीनता दिखाते हुए राहुल सोनिया को दिया सम्मान

राजनाथ, सुषमा, जेतली जैसे नेताओ से सजा मंत्रिपरिषद
उचित भागीदारी दे दिखाया महिलाओ के लिए है प्रतिबद्ध

मंत्रिपद की खास बात वरीयता पे भारी पड़ी गुणवत्ता
किसी भी नेतापुत्र को नहीं मिली वंश के नाम पे सत्ता

छोटा मंत्री समूह बना किया व्यय पे अंकुश का प्रयास

अच्छे दिन आने वाले है अभी से होने लगा है आभास

दोस्तों, मीडिया के फैलाये फालतू डर दिमाग से निकालो
देश चल पड़ा है आप भी साथ में कदम से कदम मिलालो ।।

57

हरियाणा की सडको की हालत

सहारनपुर से निकले अपने घर
उकता गए जाम देख कर

सोचा किलोमीटर पे है हरियाणा
तब अपनी मर्जी की स्पीड पे चलाना

जैसे ही पहुंचे बॉर्डर पे था लम्बा जाम
उलटी साइड से गाड़ी जा रही थी खुलेआम

सभ्य नागरिक की तरह चले धीमा धीमा
लेकिन थोड़ी ही देर में टूटी सब्र की सीमा

उलटी साइड से चलने लगे बेरोकटोक
पार करने वाले ही थे पुलिस ने लिया रोक

जो अपनी लाइन में थे बन रहे थे सिकंदर

पास से जाती गाड़ियाँ देख रहे थे बनके बन्दर

गर्मी मिटाने के लिए ली कुल्फी चार
खुल्ले पैसो के लिए हुई कुल्फी वाले से तकरार

वो बोला खुल्ले पैसे की चिंता मत कीजिये
आगे दूकान पे मिलूँगा वहीं दे दीजिये

जाम खुला तो सड़क की दुर्दशा देख हुए बेहाल
सड़क में गड्डे है या गड्डो में सड़क नहीं था ख्याल

इतनी बुरी हालत कहने में होता है संकोच
कुल्फी वाला साइकिल पे हमसे पहले गया पहोंच

जैसे ही लगा कि पार हुआ आया एक बैरियर
पुलिस वाले कमाने की फ़िराक में थे तलाशी के नाम पर

सोचा हुड्डा की कांग्रेसी सरकार में भूल गए वो ज़माना
जब सब कहते थे सड़क देखनी है तो जाओ हरियाणा।।

58

हर रोज बलात्कार की घटनाएं

हर रोज बलात्कार की घटनाएं कर रही है मानवता को शर्मसार
यकीन नहीं आता यही श्रीराम जन्मभूमि है या मिथ्या है प्रचार

सरकार तो इसके लिए दोषी है साथ में दोषी है पूरा समाज
दोषी है मीडिया भी लेकिन बॉलीवुड तो है इन सबका सरताज

सरकार के पास न तो कड़े कानून है ओर ना ही है दूरदर्शिता
युवा है अनपढ़ ओर बेरोजगार जिसे अपने कल का नहीं पता

हमारे समाज से तो पता नहीं कब होगी भेदभाव की रवानगी
लड़की करे तो कहलाये कुलटा लड़के के लिए है ये मर्दानगी

मीडिया इतना संवेदनहीन है केवल टीआरपी की खबरे चलाता है
पापा ये रेप क्या है, बच्चो को ये सवाल पूछने के लिए उकसाता है

सनी लीओन को लाकर बॉलीवुड क्या दे रहा है सन्देश
मर्द दिखने के लिए चाहता है युवा इमरान हाश्मी का भेष

सेंसर बोर्ड निर्लज हो गया अनाप शनाप फिल्मे होती है पास
वैसे आजकल तो टीवी सीरियल पे भी आने लगी है यही बकवास

शाहरुख़ सलमान बने आदर्श भूल गए भगत सिंह नेता जी सुभाष
बो रहे है पेड बबूल का फिर आम पाने की क्यों कर रहे है आस।।

59

सामने वाले घर की छत

गर्मियों की चांदनी रात और सामने वाले घर की छत
हवा से उड़ा तेरा पल्लू तो बस छा गयी क़यामत

सोते समय चेहरे पे बच्चो सी मासूमियत थी छाई
इतना हुश्न देख अन्दर का शायर लेने लगा अंगड़ाई

चौदवीं का चाँद भी सरमा रहा था देख आपकी ओर
अपने आँखों को कोसा कि पहले क्यों नहीं किया गोर

दिलो दिमाग पे लग गया था तेरे हुश्न का पहरा
बंद आँखों में भी नजर आ रहा था वहीं हसीं चेहरा

मन में सोचा निहरता रहूँ रातभर तुम्हारा जोबन
डरने लगा कहीं जगा ना दे तुम्हे नजरो की चुभन

समय के पंख लग गए पल भर में ही सुबह हो आई

पता तब लगा जब पिता जी ने उठने की आवाज लगाई

कड़कड़ाती आवाज मे बोले चल उठ कमबख़्त
सपने थाम ले ओर उठ देख जरा क्या हो गया है वक़्त

60

हिंदी भाषा का सम्मान

भारत में हिंदी भाषा का सम्मान
बढ़ा सकता है भारतीय भाषाओ का मान
हिंदी का मतलब केवल भाषा नहीं
इसका मतलब है स्वदेशी का गुणगान

हिंदी ही पुरे देश को जोडती है
ये तो पुरे देश की जान
स्थानीय भाषाए कैसे करेंगी तरक्की
जब तक होता रहेगा हिंदी का अपमान

जो करे अंग्रेजी भाषा में गिटपिट
वो तो यहाँ है काबिल इन्सान
अंग्रेजी भाषा का अगर ज्ञान न हो
तो जाहिल कहलाता है बुद्धिमान

करूणानिधि को मिला नया मुद्दा
इसीलिए सर पे उठा रहे है आसमान
ये तो ऐसे हुआ कि घर वालो से पर्दा
गैरो के सामने स्विमिंग पूल में करें स्नान

क्यों नहीं लेते हम दुसरे मुल्को से सबक
चाहे कोरिया हो, चीन हो या जापान
पश्चिम भाषाओ को इन्होने छोड़ा पीछे
इनकी तकनीक का विश्व कर रहा है गुणगान

क्यों नहीं तोड़ पा रहे जंजीरे
कब तक अंग्रेजी का गुलाम रहेगा इमान
देश में चल रही है एक नयी लहर
आओ मिल के दे हिंदी को नयी पहचान।।

61

मोदी जी के जापान दौरे पे राहुल

मोदी जी के दौरे पे राहुल जी बोले पहली बार
पत्रकारों के सामने गुस्से का किया इजहार

बोले जापान में मोदी जी ड्रम बजाते है
हम बिजली न होने से कार्टून भी नहीं देख पाते है

जापान से जितना बिज़नस ला कर रहे है फ़ैल
उतना तो है जीजाजी की लिए हाथ की मैल

अगर डोरेमोन से कर लेते मुलाकात
एक विषय हो जाता आपसे करने के लिए बात

कोई नहीं सुनता जब से चुनाव हारे है
कुछ दिन पहले दिग्गी चाचा ने भी ताने मारे है

वायदा करो इस बार जब आप अमेरिका जाओगे
मिक्की माउस के साथ फोटो जरूर खिचवाओगे

62

जब से देखा है वो हसीं चेहरा

जब से देखा है वो हसीं चेहरा
जिसके लबों पे है तिल का पहरा

वो सुर्ख लाली गालो की
घटाओं सी झलक बालो की

भवें कटार सी कटीली
झील सी गहरी आँखें नशीली

माथे पे फैली हुई लटें
होठों पे पड़ी हुई सिलवटें

नाक का छल्ला करे डावांडोल
बाली करती गालों से मेलजोल

होठों पे कमल सी मुस्कान
लचकती कमर कत्ल का सामान

मनमोहक सुराहीदार गर्दन
संगमरमर सा तराशा बदन

मोह लेने वाली कोयल सी बोली
चले जैसे कि हिरनों की टोली

दिलो दिमाग अभी भी वहीं है ठहरा
जब से देखा है वो हसीं चेहरा।।

63

अस्मत फिर हुई तार तार

इंसानियत सो रही थी
मानवता रो रही थी

बुधवार की थी काली रात
इंसानी भेडियों ने मचाया उत्पात

हैवानियत की हुई हदें पार
देश की बेटी की अस्मत फिर हुई तार तार

ये नहीं मर्दानगी ये है वहशीपन
एक अबला नारी पे कैसा शक्ति प्रदर्शन

उसके मरने तक शरीर नोचते रहे दरिन्दे
नग्न पड़ी रही जब तक जागे वहां के वाशिंदे

ऐसे ही पड़ी रही जब तक पुलिस नहीं आई

संवेदनहीनो को तन ढकना नहीं दिया सुझाई

कितना निर्दयी है हमारा समाज
फोटो लेने में नहीं आ रही थी लाज

मीडिया भी कैमरों से करता रहा बलात्कार
उन्हें नजर आ रहा था केवल ब्रेकिंग समाचार

इस तरह के समाचार करते है छवि को धूमिल
विदेशो में भारत माँ को बदनामी होती है हासिल

किसी का क्या गया दो बच्चे हो गए अनाथ
सरकार भी रिश्तेदारों को अनुदान देकर झाड लेगी हाथ

दिल्ली की दामिनी कहिये या सीकर की नूर
आबरू जिसकी भी लुटे वो किसी की बेटी है जरूर

दामिनी काण्ड को शायद ही पाया हो कोई भूल
क्या उस समय किया हुआ संघर्ष हो गया फ़िज़ूल

कब तक ऐसे ही लुटती रहेगी बेटी बहन
कब तक कायरो की भांति करेंगे सहन

कब तक रहेगा सफ़ेद हमारा खून
कब तक सोया रहेगा नपुंशक कानून

कई बार कड़े क़ानून बनाने में आड़े आता है वोट
ढुलमुल कानून लम्बी प्रक्रिया की अपराधी लेते है ओट

ऐसे दरिंदो को सरेआम फांसी देकर दे सख्त सन्देश
ताकि लोगो के दिलो में क़ानून का डर करे प्रवेश।।

64

कैसे सिखाएं बच्चो को बाते सदाचारो की

एक तरफ बच्चे भूखे मर रहे
दुसरे रौनक देखो बाजारों की।

कहीं फसले सूख गयी बिना पानी के
कहीं चले ठन्डी हवा फव्वारों की।

सीधे सादे लोगो को बताएं पागल
दुनिया में कद्र है मक्कारों की।

सच्ची सलाह देने वाले लगें दुशमन
बाते अच्छी लगती है चाटुकारों की।

अमन के रखवाले वहीं बन बैठे है
जो दलाली करते है हथियारों की।

समाज सुधार का कोई ध्यान नहीं

मिडिया खबरे चलाता है बलात्कारो की।

मदद के लिए नहीं मिलते हाथ
भीख के लिए है भीड हज़ारो की।

कर्तव्य भूल गए है आजकल सभी
बस बात करते है केवल अधिकारों की।

छोटी चोरी को कहते है स्मार्टनेस
बच्चो को कैसे बताएँगे बाते संस्कारो की।

नक़ल करने वाले बने बैठे है ज्ञानी
बाते बंद हो गयी है नए अविष्कारों की।

दुनिया इतनी द्विअर्थी हो गयी है
कैसे सिखाएं बच्चो को बाते सदाचारो की ।।

65

हुड्डा जी को चढ़ा चुनावी बुखार

चुनावी मौसम में हुड्डा जी को
चढ़ा चुनावी बुखार
खोल के पिटारा लगा दिया
घोषणाओ का अम्बार

किसी को वेतन में बढ़ोतरी दी
किसी को दिया सेवा विस्तार
किसी के कर्जे माफ़ किसी को
बांटे सरकारी खजाने से उपहार

बापू बेटा गाड़ी में भर के पत्थर
उद्घाटन कर रहे बेशुमार
आजकल तो किसी के टॉयलेट का भी
अनावरण करने को है तैयार

सबके घर जाते है चाहे किसी का
कुत्ता मरा या बछड़ा है बीमार
कोई भी मौका नहीं चुक रहे
आजकल दिखाने के लिए शिष्टाचार

10 सालो में आपने की दलाली
और किया क्षेत्रवाद, जातिविशेष से प्यार
समय बचता था तो जीजाजी की
चाकरी में व्यस्त रहते थे सरकार
सौ सुनार की एक लुहार की

ये कहावत याद रखना इस बार
अगर भाजपा का मुख्यमंत्री आया
तो जेल जाने के लिए रहो तैयार।।

66

शराब का ग्लास

दोस्त से मिले तो उसका हाल देख रह गये दंग
पहलवान सा शरीर हुआ निडाल और आँखे थी बेरंग
वो बोला हैरान ना हो, शराब से बिगाड़ा है ढंग
पूछने पर सुनाना शुरू किया शराब के बारे मे प्रसंग

बोला सोचता था शराब सिखाती है जीने का सलीका
दो पेग मे बदल देती है आदमी के चलने का तरीका
चार पेग के बाद तो अंदर से अँग्रेजी ऐसे निकलती है
जैसे कि अपना जन्मस्थान है इंग्लेंड या अमरेका

महफ़िल मे है शेर बेशक घर रहे भीगी बिल्ली
बड़ी बड़ी बाते करते है जैसे की शेख चिल्ली
छोटे मोटे स्तर की बात नहीं करते
उस समय हमारी पहुँच होती है सीधी दिल्ली

सेहत का नाश हो गया जब से लगी है ये लत
बिक गया घर बार और पास नहीं रही दौलत
अब तो चोरी चकारी की पड़ गयी है आदत
बीवी बच्चो की भीख मांगने की आ गयी है नौबत

जब से पीने लगा हूँ सब उड़ाते है उपहास
अक्सर पड़ा मिलता हूँ नाली या गटर के पास
सुनके ये बुराई अगर जरा सा भी हुआ आभास
तो खाओ कसम हाथ में नहीं लोगे शराब का ग्लास।।

67

चित्तोड़

'चित्तोड़' किसी पहचान का नहीं है मोहताज
इस पावन धरा पर राणा कुम्भा से वीरो ने किया राज

राणा सांगा, जैमल–पत्ता जैसे युगपुरुष हुए वीर प्रतापी
जिनके डंके की दहाड़ से दुश्मनों की छाती कांपी

जिनकी बहादुरी ने दुश्मनों के दिलो में खौफ खींचा है
जिन्होंने वक़्त वक़्त पर धरा को अपने खून से सींचा है,

प्रताप को जन्म देने वाली यही चित्तोड़ की धरती है
ऐसा बलिदानी बेटा पाने को हर एक माँ तरसती है

स्वाभिमान की रक्षा के लिए दिल्ली सल्तनत से ली टक्कर
अपने शौर्य से इतिहास में अपना और मेवाड़ का नाम किया अमर

ऐ चित्तोड़ की पावन धरा तुझसे है एक और युगपुरुष की आशा
भटके हुए राजपूत समाज को जो जोड़ के दे सके सही दिशा।।

68

नरेंद्र दामोदरदास मोदी

कर्मयोगी की तरह जीवन जीने वाले
खानपान है सात्विक शाकाहारी,
नरेंद्र दामोदरदास मोदी है पूरा नाम इनका,
मोदी के नाम से जानती है दुनिया सारी।

17 सितम्बर 1950 को महेसाना के वडनगर में
हीराबेन और दामोदरदास के घर गूंजी किलकारी।
साधारण परिवार में लेकर जन्म
संघ के प्रचारक के रूप में किया संघर्ष जारी।

2001 में जब गुजरात में आया भयंकर भूकंप
इन्हें सोंपी गयी मुख्यमंत्री पद की जिम्मेदारी
2002 दंगो के बाद करवा के गुजरात चुनाव
अपने दम पर भाजपा की नैया पार उतारी।

गुजरात मे 2007 के चुनाव मे सोनिया ने
यमराज बताया और गाली दी बहुत सारी,
कॉग्रेस को दाव उलटा पड़ गया
जनता ने दी कांग्रेस को हार करारी।

इशरत के केश मे कॉग्रेस ने लगाया जोर,
पकड़ने को लगा दी टीम सरकारी,
उसका लोकतंत्र मे कौन बिगाड़े
जिसकी नीतिया है जनता को प्यारी।

2012 मे राहुल, सोनिया को पर्दे मे रख
केशुभाई के सहारे नीति बनाई न्यारी,
चुनाव परिणाम फिर से यही रहा
कॉग्रेस इस बार फिर बुरी तरह हारी।

जैसे ही भाजपा ने दी बागडोर चुनाव की
मोदी को तो नीतीश ने दिखाई होशियारी,
भाजपा के कुछ दिग्गज हुए थोड़ा नाराज़
लेकिन दो चार दिन मे उतर गयी खुमारी।

जनता की आवाज पर भाजपा ने दी
मोदी को प्रधानमंत्री पद की उम्मीदवारी
चुनाव जीता दिल्ली, राजस्थान, मध्यप्रदेश

छत्तीसगढ़ में देश ने मोदी की बागडोर स्वीकारी

2014 चुनाव में तो धर्मनिरपेक्ष दिखने के लिए
मची कांग्रेस और सहयोगियों में मारामारी,
लेकिन जिसने भी किया मोदी जी का विरोध
जनता ने इन पाखंडियो की लाज उतारी।

26 मई को देख रहा था सारा संसार
जब शपथ ले रहा था भारत माँ का पुजारी
एक चाय वाला भी प्रधानमंत्री बन सकता है
यही है भारत के लोकतंत्र की होशियारी।।

69

मंगलयान

मंगल की कक्षा में पहुंचा मंगलयान
भारत ने पीछे छोड़े चीन और जापान
बैज्ञानिको ने बढाया देश का मान
सबको बधाई पाने के लिए नयी पहचान

भारत की तकनीक है विशेष
पुरे विश्व को दिया ये सन्देश
पहली बार में कामयाब होने वाला
भारत बन गया पहला देश

तकनीक तो है ही बेजोड़
किफ़ायत में दिया सबको पीछे छोड़
अमेरिकी फिल्मो से कम खर्च किया
ऐसे वैज्ञानिको पे क्यों ना करें मरोड़

मोदी जी ने भी की हौसला हफ्जाई
इसरो पहुँच कर दी सबको बधाई
ये उपलब्धि क्रिकेट जीतने से बड़ी है
सारे देश को ये बात गर्व से समझाई

वैज्ञानिकों ने दिखाया क्षमता है भरपूर
बडे बडे देशो का नशा किया काफूर
भारत फिर से विश्व गुरु होगा
दोस्तों अब वो दिन नहीं है दूर।।

70

एक और एक ग्यारह

राजनितिक पार्टियों द्वारा धोखे का केवल दुःख मना रहे हो
कलेजे में जलन नहीं हुई जो केवल फडफडाये जा रहे हो

क्या रगों का खून सफ़ेद हो गया या दुध नहीं पीया क्षत्राणी का
क्यों भुजाएं नहीं फड़क रही इन्तजार है किस आकाशवाणी का

यही हमारे खून में है, एक दुसरे को काट रहे है बरसो से
राज गवायाँ चौधर गवाई अब तो आने वाले है रस्तो पे

असंगठित रहकर कमजोर होना है दुनिया का सबसे बड़ा पाप
कुछ गम खा भाई को मना इक्कट्ठे होने के लिए कर वार्तालाप

एक और एक ग्यारह भी हो सकते है दिखादो ज़माने को
हरियाणा जातिविशेष की जागीर है बदल दो इस पैमाने को।।

71

घोड़ी ने घर किया टेलीफोन

चौधरी साब के माथे की चोट देखकर हमने आवाज लगाई
हमेशा की तरह उन्होंने भी दिल खोल अपनी व्यथा सुनाई

बोले शादी के बाद पति को ही झेलने पडते है सारे गम
इसीलिए तो हर औरत शादी के बाद कहलाती है 'बेगम'

वैसे भी हमारी बेगम को है वास्तुशास्त्र का ज्ञान भरपूर
गुस्से में जो भी वस्तु पकड़ ले वो शस्त्र बन जाती है हजूर

बोले कुछ दिन पहले घर पहुँचते ही बेगम ने बेलन दे मारा
बोली तुम्हारी पेंट से पर्ची निकली जिसपे नाम लिखा है 'सारा'

माजरा समझ में आया तो सोचा कि बेगम को समझाए कैसे
बोल दिया 'सारा' घोड़ी का नाम है जिसकी दौड़ पे लगाये पैसे

लेकिन कल तो बेलन खाने के बाद बाते भी सुनी रहकर मौन
जब पता चला 'सारा' नामक घोड़ी ने घर किया था टेलीफोन।।

72

जिन्दगी एक सजा है

मौत को तो लोग यूंही बदनाम करते है
तेरी जुदाई में तो जिन्दगी एक सजा है
यही सोच के गुजर रही है तेरे बगैर
शायद यही उस ऊपर वाले की रजा है।

सुनके तेरी बेवफाई की दास्ताँ
भंवरा भी मन ही मन लजा है
उजड़ने में करवा लो मुकाबला दिल्ली से
दिल को कितनी बार संगदिलो ने तजा है

जब तकदीर में पहले से ही सब लिखा है
तो तेरी बेवफाई को कोसना बेवजा है
सभी करने लगे है तारीफ मेरे शब्दों की
शायद दिल टूटने का यही असली मजा है

चाहने वाले जाने लगें है पीर फ़क़ीर के पास
शायद किसी प्रेत का मेरे ऊपर कब्ज़ है
हालत देख दुश्मन भी करने लगे विश्वास
अब राणा जी की जिन्दगी बेमजा है।।

73

युगांतर

सदियों तक रहे गुलाम और झेलते रहे परतंत्र
1947 में आजाद हुए और देश बना प्रजातंत्र
लेकिन जब चाय बनाने वाले को मिली बागडोर
यही है बदलाव की लहर यही है असली युगांतर

जब से संभाला है मोदी जी ने प्रधानमंत्री का आसन
लोगो की बढ़ी आस्था और जागने लगा है प्रशासन
बर्सो बाद 15 अगस्त को लोगो ने आस्था से सुना भाषण
मंगलयान की सफलता ने दिया तरक्की का आश्वासन

बर्षो बाद देख रहे है पेट्रोल के दामो को नीचे आते हुए
देख रहे है आंतकवादियों के कब्जे से नर्से छुड़वाते हुए
मेडिसन स्क्वायर पे लोगो को मोदी मोदी चिलाते हुए
वाइट हाउस में लोगो को सात्विक भोजन खाते हुए

अब देख रहे है पाकिस्तान को 71 की याद आते हुए
चीन को पहली बार देखा है सेना सीमा से पीछे हटाते हुए
देख रहे है विदेशो में देश संस्कृति को प्रचार पाते हुए
देश के ढोंगी सेकुलरो को हार के डर से हाथ मिलाते हुए

स्वच्छ भारत के लिए प्रधानमंत्री भी झाड़ू लगाते है
अब बुलेट ट्रेन से यात्रा की भी कल्पना कर पाते है
मेक इन इंडिया जैसे प्रोग्राम रोजगार की उम्मीद जगाते है
प्रधानमंत्री रेडियो पर पुरे देश को मन की बात बताते है

विरोधी भी है तो सब्र करे आशावादी हो करें थोडा इन्तजार
प्रधानमंत्री चुना है ना के जादूगर मत सोचो होगा चमत्कार
सब जानते है कि खजाना खाली छोड़ गयी है पिछली सरकार
स्वाद कितना भी बुरा हो लेकिन कडवी दवाई ही है असरदार।।

74

तन्हाई

तन्हाई करती है दिल में आघात
कटे ना दिन और न ही कटे रात
जब बहार आये या हो रिमझिम बरसात
तब करती है ये दिल के साथ रक्तपात

तन्हाई कुरेदती है मन में छुपे जज्बात
बिछड़ो से भी करवाती है मुलाकात
सब कुछ लगता है जैसे कल की हो बात
लड़कपन की अठ्केली या बचपन की खुराफात

बाहरी दुनिया से दिलाने के लिए निजात
तन्हाई है भगवान् की सबसे बड़ी सौगात
कभी तन्हा हो करना अपने आप से बात
दावा है बेहतरीन आदमी से मिलोगे साक्षात्।।

75

राहुल ने संभाली चुनाव की कमान

जब से राहुल बाबा ने संभाली चुनाव की कमान
तब से भाजपा की जीतने के राह हुई आसान

कांग्रेसी भी ये खबर सुन बहुत हुए निराश
बोले वो भी नहीं जीत पाएंगे जिन पे थी आस

पहले तो चमचो की सलाह से रखा कण्ट्रोल
छोटा भीम से मिली ताक़त से बाबा हुए डावांडोल

दरअसल ये कांग्रेस की हार को नहीं पचा पा रहे है
तभी तो देश के प्रधानमंत्री को नेता विपक्ष बता रहे है

राहुल बाबा अपना अभियान चालू रखे यही है निवेदन
इसी बहाने चुनाव के दिनों में जनता का होगा मनोरंजन।।

76

पत्नी की तारीफ में दो शब्द

इस खास दिन के मौके पे सोचता हूँ
सबके सामने कह्दूँ अपने दिल की बात ,
इस वीराने दिल में जो भी रंगीनिया है
वो सब है तुम्हारे प्यार की सौगात।

कभी कभी गुस्सा आता है जब लगाती हो
तुम कॉस्मेटिक की शौपिंग में पूरा ध्यान ,
लेकिन ऑफिस से आने पर सजी संवरी देख
गायब हो जाती है दिन भर की थकान।

नीरस लगता है जब व्यस्त होती हो करने में
नए व्यंजन की रेसिपी का राज मालुम ,
जब कोई तुम्हारे खाने की तारीफ़ करता है
तो दिल करता है तुम्हारा हाथ लूं चुम।

मेरे लिए नए कपडे खरीदने जाती हो तो
लगता है कर रही हो पैसो की बर्बादी ,
अपने विचारो पे क्रोध आता है जब होती है
दोस्तों में मेरे ड्रेसिंग सेंस की मुनादी।

गलती जीवन में हो सकती है लेकिन
वो सिर्फ तुम्ही हो जिसे जी भर के चाहा ,
लड़ाई झगडे हुए रूठना मनाना हुआ लेकिन
वो सिर्फ तुम्ही हो जिसे मन से है अपनाया।।

77

जनता का फैसला

हरियाणा की जनता ने फैसला किया सही
भूपेन्द्र हुड्डा और चौटाला की बिलो दी दही

बाप बेटे की जनता ने धो दी धोती
बताया हरियाणा नहीं है जाति विशेष की बपौती

बिश्नोई और चौटाला के सपने टूटे पार्टी की हार में
अरोघ कुरुक्षेत्र में, सावित्री जिंदल हारी हिसार में

अजय यादव को शिकस्त मिली रिवाड़ी से
इनेलो के स्टार दुष्यंत हार गए साडी से

हाथ टिके जमीन पे चश्मे के भी नंबर कम हुए
सुनके ये खबर जीजाजी के नेत्र नम हुए

चुनावो में फिर से मोदी जी की लहर चली
हारे कांग्रेस और इनेलो के बड़े बड़े बली

नतीजो ने दिया मोदी जी में विश्वास का संदेस
अब तो विपक्ष में भी नहीं बैठ पायेगी कांग्रेस

पुरे देश ने देखी मोदी जी के हाथ की सफाई
कचरा बाहर करने के लिए देशवासियों को बधाई।।

78

दिवाली की शुभकामनाये

आओ सभी दिवाली पे गले मिले
भूल कर सारे शिकवे गिले

सुख़ समृधि से भरे आपका संसार
दिवाली पे मिले खुशियाँ अपार

घर और आसपास की जमके करो सफाई
परिजनों के साथ खुलके खाओ मिठाई

पटाको के बिना फीका है दिवाली का मजा
बजाना ऐसे जो न बने दुसरो के लिए सजा

संसार का अँधेरा मिटाने को दीप जलाएं
राणा परिवार की तरफ से सभी को शुभकामनाये।।